백수귀족 판타지 장편소설
WISHBOOKS FANTASY STORY

바바리안

퀘스트

바바리안 퀘스트 6

백수귀족 판타지 장편소설

초판 1쇄 찍은 날 | 2018년 9월 14일
초판 1쇄 펴낸 날 | 2018년 9월 21일

지은이 | 백수귀족
펴낸이 | 예경원

기획 | 위시북스
편집책임 | 이규재
편집 | 위시북스

펴낸곳 | 예원북스
등록번호 | 제396-2012-000132호
등록일자 | 2012. 7. 25
KFN | 제1-309호

주소 | 경기도 고양시 일산동구 호수로 646-24 위너스21II빌딩 206A호 (우)10401
전화 | 031-819-9431 팩스 | 031-817-9432
E-mail | yewonbooks@naver.com

ISBN 979-11-89450-34-2 04810
     979-11-6098-950-2 (set)

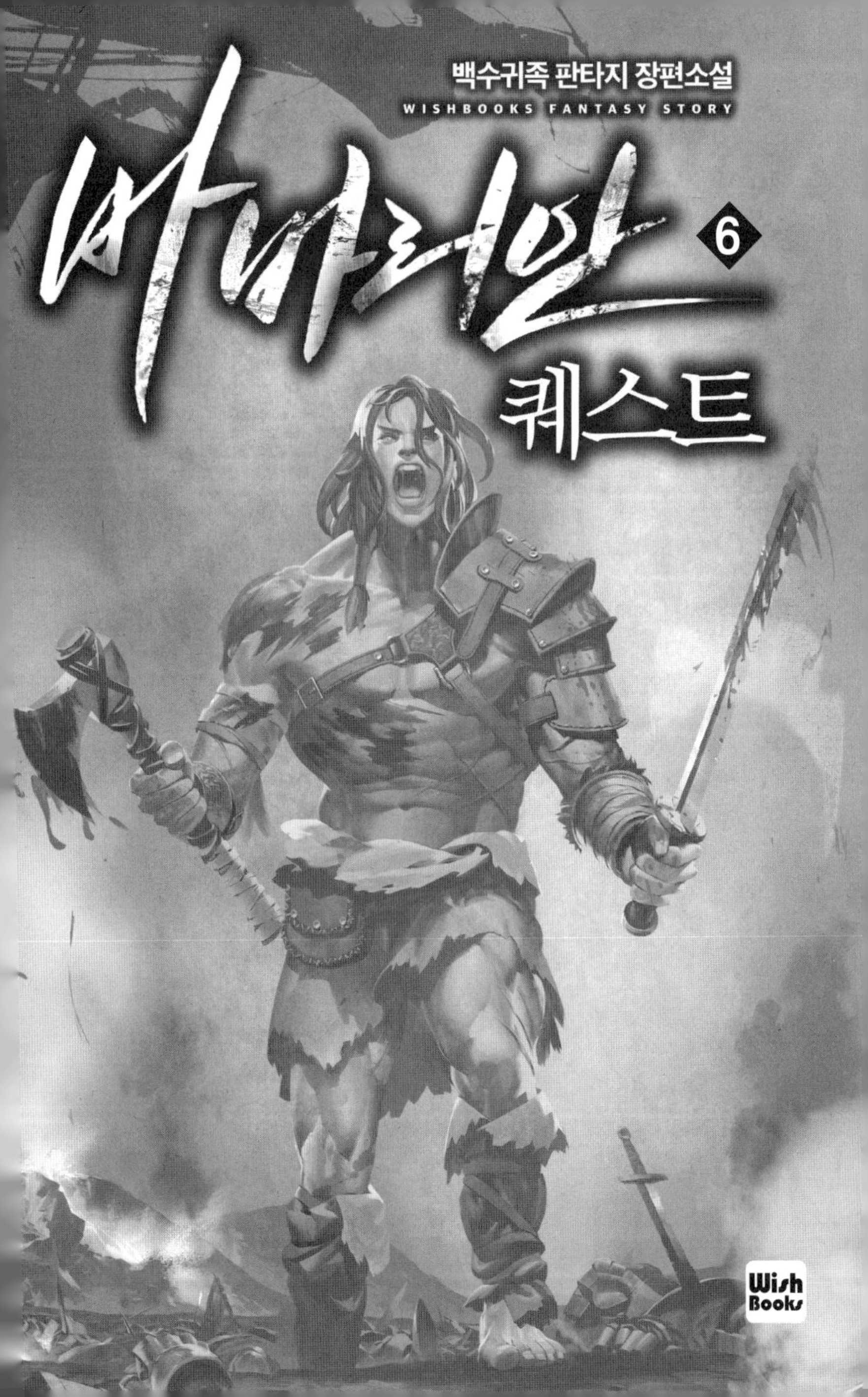
백수귀족 판타지 장편소설
WISHBOOKS FANTASY STORY
바바리안 6
퀘스트
Wish Books

CONTENTS

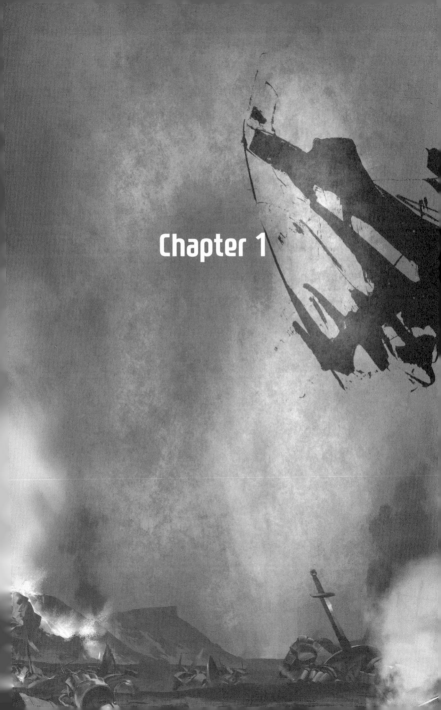

Chapter 1

스벤은 자신이 태어나고 자란 고향, 고리간으로 돌아갔다. 원래 씨족 사람들은 대부분 없었고, 새로이 정착한 사람들이 대부분이었다. 한때는 주변 씨족의 조공을 받을 정도로 영광을 누렸으나 지금은 그저 그런 어촌에 불과했다.

"아는 사람은 있어?"

유릭이 해변에 앉아서 다가오는 스벤에게 물었다.

"몇 명 정도는."

스벤이 수평선을 쳐다봤다. 바다가 얼어붙어서 겨울 동안은 배가 출항하지 못한다. 얼어붙은 바다는 장엄했다.

"얼어붙은 바다! 멋지군. 여길 걸어가면 세상의 끝이 나올까? 아니면 동대륙이 나올까?"

유릭이 얼어붙은 바다를 보며 키득키득 웃었다. 그가 일어서자, 고리간의 아이들이 이방인 유릭과 스벤을 흘겨보다가 도망갔다.

"이제 어쩔 거야? 딸의 얼굴도 봤고, 고리간에도 들렀어."

유릭이 손가락을 꿈틀거렸다. 언제든 준비됐다. 유릭이 스벤을 따라다니는 이유는 한 가지뿐이다. 스벤을 검의 언덕으로 인도하는 것. 그게 유릭의 역할이다.

"뮬린."

스벤이 여기보다 더 북쪽을 가리키며 말했다.

"뮬린? 아아, 북부의 성지."

유릭이 고개를 갸웃하다가 말했다.

"여기도 오랜 전통을 잃었어. 내가 아는 북부가 아니네."

"나쁜 곳은 아닌데? 조용하고 좋아."

"전통과 신앙은 좋고 나쁘고의 문제가 아니네. 그저 묵묵히 이어받아 지키는 거지."

스벤이 낮게 기침하며 바다를 바라봤다. 과거가 그의 뇌리를 스쳐 갔다.

"결정했으면 시간을 끌 필요는 없지."

유릭과 스벤은 고리간에서 보급을 하고는 말을 탔다.

뮬린은 북부에서도 사람이 살기 힘든 혹한의 땅이다. 북부의 성지가 아직 제국령에 속하지 않은 것도 그 때문이었다. 설사 점령한다 하더라도 군이 주둔해 통제하기 힘든 지역이었다.

"북부는 원래 용이 살던 땅이지. 시조 울가로는 용을 퇴치하고 북부인을 위해 이 땅에 터전을 잡았네."

"몇 번이고 들었어."

"……그리고 뮬린에는 용의 유해가 있네. 울가로에게 깊은 상처를 입힌 용이지."

스벤이 조심스레 말했다. 북부인 중에서도 아는 자가 많지 않은 비밀이었다.

"뭐?"

유릭이 고개를 돌리며 눈을 크게 떴다.

"자네라면 용의 유해가 보고 싶을 거라 생각했네."

"용의 유해가 있다고?"

"어린 시절에 내 눈으로 직접 봤네. 내 부친이 이름 높은 전사라서 출입이 가능했지."

거미줄처럼 주름진 눈가가 접혔다. 그는 아직도 꿈같은 그날의 광경을 떠올렸다. 성지 깊숙이 위치한 동굴, 고래 기름을 먹인 횃불을 들고 한참이나 걸어가면…….

"용이란 건 그저 그냥 전설에 나오는 거잖아. 그 동대륙의 용 조각상 같은 거 아니야?"

"그건 동대륙의 용이지. 생긴 게 다르네. 울가로는 인간을 잡아먹는 사악한 용을 죽였지."

유릭이 움찔했다. 스벤의 말이 허언으로 들리지는 않았다. 스벤이 허투루 그런 말을 하지도 않을 터.

"여기까지 나를 따라온 자네에게 주는 선물이네. 뮬린이 아직도 북부인의 성지라면 진짜 전사인 자네를 알아보겠지. 기꺼이 용의 유해를 보여줄 거네."

"정말?"

"내가 최선을 다하겠네."

스벤의 마지막 선물이었다. 그는 유릭 덕분에 좋은 여행을 했었다. 유릭이 없었다면 전사답지 않은 최후를 맞이했을지도 모른다.

'그리고 내 추악한 행동도 막아줬지.'

뒤늦게 정신이 번쩍 들었다. 카르하를 납치하는 건 해서는 안 될 행동이었다. 전사의 칼은 안쪽으로 향해선 안 된다. 스벤은 자신의 실수가 수치스러웠다. 검의 언덕으로 가지 못해도 할 말이 없었다.

"용이라, 용."

유릭이 까칠한 수염을 더듬으며 중얼거렸다. 그의 눈동자가 소년처럼 반짝였다.

'이미 그릇이 꽉 차버린 나와는 달라. 유릭은 젊고 호기심이 많은 전사지. 아직도 그릇이 차지 않은 사내다.'

유릭에게는 가능성과 미래가 있었다. 한없이 빛나는 전사였다. 스벤은 그런 유릭이 부러웠다. 유릭에 비하면… 모든 가능성이 닫혀 버리고 죽음만을 기다리는 자신이 초라했다.

'이런 젊은 전사가 내 핏줄이었다면 얼마나 좋았을까.'

스벤은 카르하를 유릭처럼 만들고 싶었다. 유릭 같은 후손이 있다면 미련 없이 눈을 감을 수 있다. 검의 언덕에 있는 선조들을 보더라도 부끄러움 없이 당당할 터다.

"자네 고향 이야기나 해보게. 이제 나 말고 듣는 이도 없으니까."

유릭은 잠시 머뭇거리다가 고향의 이야기를 했다. 건기와 우기가 뚜렷하고, 숲과 황무지가 공존하는 땅. 자원이 부족했기에 정착생활은 길지 못했고 몇 년 단위로 마을을 옮겨 다녔다.

"……그리고 나는 하늘산맥을 언제나 보고 있었지. 주술사는 그곳이 영혼의 세계라고 말했어. 우리가 죽으면 영혼의 세계로 가서 생전의 공적에 따라 대우를 받는다고 했지. 당연히 전사가 가장 좋은 대우를 받아."

유릭이 서쪽을 바라봤다. 해가 저물어 가는 방향이다. 여기서는 하늘산맥이 보이지 않았다.

"그런가……."

스벤이 유릭을 바라봤다.

유릭은 젊었고 사고방식이 유연했다. 그는 영혼의 세계가 아닌 걸 보고 즐거워하며 문명을 탐험했다.

'나라면 그런 짓을 하지 못했겠지.'

유릭은 자신의 세계관이 깨지는 걸 두려워하지 않았다. 그게 단순히 젊음 때문만은 아닐 터다. 타고난 기질 자체가 남달랐다. 서슴없이 루를 믿기도 했고, 버리기도 했다.

'유릭은 신을 버렸는데도 여전히 신의 축복을 받은 전사지.'

스벤은 밤마다 기침했다. 병색이 눈에 띄게 얼굴에 드러났다. 유릭은 안색 하나 바뀌지 않고 죽어가는 스벤을 놀렸다.

"오히려 좋은 거 아니야? 어차피 이승에선 하나뿐인 가족에게도 외면당하는 신세잖아. 빨리 죽으면 언덕에서 아들도 만나고. 좋겠네, 좋겠어."

"큭큭."

스벤이 모닥불 앞에서 배를 잡고 웃었다. 숨을 쉬거나 웃을 때마다 가슴이 아팠다. 폐병이 나날이 심해졌다.

다음 날도 유릭과 스벤은 이동했다. 점차 뮬린에 가까워지자 폐허가 된 마을들이 간간이 보였다.

"뮬린의 전사들이 약탈한다는 소문이 사실이었나 보군. 이곳 사람들은 버티지 못하고 도망갔거나, 몰살당한 거겠지."

스벤이 폐허를 살피며 말했다. 혹시라도 먹을 게 있나 싶어서 살펴봤지만, 철저하게 약탈을 당한 마을이었다.

스벤과 유릭의 표정은 담담했다. 그들은 약탈이라는 방식을 혐오하지 않는다. 그들에게 약탈은 삶의 방식 중 하나다.

가족과 부족을 위해 약탈하는 것은 전사라면 마땅히 해야 할 일이다.

"스벤, 무기 들어."

유릭이 차분히 말했다. 그가 폐허 주변에서 기척을 느꼈다.

키이잉.

유릭이 도끼 두 자루를 양손에 하나씩 쥐었다.

"제국군?"

폐허에서 나온 건 제국군이었다. 가죽갑옷을 껴입은 제국병사들이 유릭과 스벤을 포위했다. 그 숫자는 다섯 명이었다.

"차림새로 보아 정찰병이네."

스벤과 유릭이 등을 맞댔다. 병사들도 섣불리 다가오지 않았다.

"우린 지나가는 여행자요."

스벤이 병사들에게 말했다.

"그렇다면 신분을 확인하게 따라오시오. 뮬린의 잔당이 아닌지 확인해야 하니까!"

병사들이 방패와 칼을 들며 외쳤다. 그들은 뮬린에게 습격당한 마을을 확인하러 나온 정찰병이었다. 여기서 수상한 자들을 발견했기에 데려갈 생각이었다.

"괜히 제국병을 건드리긴 싫은데."

유릭이 중얼거렸다. 해치우는 건 문제가 아니지만, 제국군을 건드리면 뒷일이 번거롭다. 유릭도 제국군의 무서움을 잘 안다.

"우린 야만인이네. 저번처럼 운 좋게 자네를 아는 사람이 있다면 모르겠지만, 아니라면 모진 고문을 당하겠지. 그리고 우린 뮬린으로 가는 길이네. 제국군이 보기에는 합류한다고 생각되겠지."

스벤은 당장에라도 싸울 기세였다.

"뭐, 어쩔 수 없나."

유릭도 도끼를 빙글빙글 돌렸다. 병사들의 위치를 눈으로 익혔다. 유릭과 스벤이 전투를 시작하려고 했다. 그러나 병사들이 오히려 뒤로 물러나며 전투를 피했다.

'역시 경험이 많은 북부의 제국군이군!'

스벤이 이맛살을 찌푸렸다. 병사들은 숫자가 앞선다고 야만전사 두 명에게 섣불리 덤비지 않았다. 그들은 뛰어난 야만전사의 무서움을 잘 아는 이들이었다.

병사들은 정찰병답게 뒤로 물러나서 허공을 향해 효시를 쏴 올렸다.

삐이이이이!

효시는 피리처럼 소리가 나는 화살이다. 높이 올라간 효시가 사방으로 소리를 퍼트렸다.

"제기랄."

유릭이 욕설을 내뱉으며 달려갔지만, 제국병들은 도망가기에 바빴다. 이 근방에 제국군이 많은 게 분명했다.

"말을 타게, 유릭!"

스벤이 외쳤다. 일단 여길 벗어나야 한다.

"킬리오스!"

유릭이 휘파람을 불었다. 킬리오스와 스벤의 말이 달려왔다.

말고삐를 당기며 유릭이 말에 올라탔다. 그는 주변을 둘러보며 킬리오스의 옆구리를 박찼다.

"사방에서 몰려오는걸?"

유릭이 웃으면서 설원을 빙 둘러봤다.

"이 근처에 군대가 있다는 거네. 웃을 때가 아니네!"

스벤이 도망갈 길을 찾아보며 외쳤다.

'조만간 뮬린과 무력충돌이 있을 거요.'

야브호른 수비대장 그레모르의 말이 떠올랐다.

'뮬린과 충돌한다는 군대인가.'

유릭은 결정해야 했다. 싸워서 여길 벗어날 것인가, 자신의 명성에 기대볼 것인가.

푸슛.

생각할 필요가 없었다. 유릭은 옆을 돌아봤다. 스벤이 화살에 맞아 말에서 떨어졌다. 기력이 쇠해 화살 한 방도 버티지 못한 모양이었다.

"하여튼 노인네란."

유릭이 피식 웃으며 손을 들곤 제국군을 맞이했다.

"내 이름은 유릭이다."

유릭이 자신을 포위하는 병사들을 보며 말했다.

"사람을 번거롭게 하는군, 뮬린의 잔당 놈들."

북부의 총독 랭스터 공작이 추위에 떨며 말했다. 그가 옷깃을 여미며 설원을 바라봤다.

"근방의 마을은 전부 습격당한 듯합니다. 잔혹한 놈들이지요."

기사가 랭스터 공작에게 보고했다. 랭스터 공작이 고개를 끄덕였다.

'뮬린에서 얌전히만 있었으면 목숨만은 건졌을 텐데, 이렇게 나대다니.'

뮬린은 제국군 입장에서도 꺼림칙한 땅이었다. 아무리 이교도라지만 성지를 습격하는 건 신의 분노를 사기에 충분했다. 더군다나 맹렬한 추위 때문에 진군이나 주둔만으로도 병사가 죽어 나간다.

"총독께서 직접 나서셨으니 놈들도 두려움에 벌벌 떨 겁니다."

그 말을 들은 랭스터 공작이 비웃었다.

"놈들이 잘도 떨겠다. 멍청한 놈."

랭스터 공작은 황족의 방계출신이었으나, 혈통만으로 총독 자리에 앉은 게 아니었다. 그는 북부인과 여러 번 얼굴을 맞대고 싸웠던 기사이기도 했다. 그렇기에 북부인의 습성을 잘 알았다.

'빌어먹을 아첨꾼들. 이딴 쓰레기들도 데리고 싸워야 한다니.'

랭스터 공작이 기사들을 흘겨봤다. 쓸 만한 놈도 있었으나, 가문에서 추방당하다시피 해서 북부에 배치된 떨거지도 있었다. 마음 같아서는 머저리들을 죄다 내치고 싶었으나, 그러면 그 가문의 사람들이 치욕을 받았다며 랭스터 공작에게 항의할 터다. 귀족사회란 복잡하기 그지없었다.

"후우, 더럽게 춥네."

랭스터 공작이 다시 한번 옷깃을 추스르며 말했다. 그는 북부의 군단을 이끌고 뮬린으로 향하는 중이었다. 그의 정찰대들이 사방을 오가며 정보를 수집했다.

"뮬린의 척후병으로 추정되는 이들을 생포했습니다."

정찰병이 보고를 올렸다. 랭스터 공작은 만족스러운 표정으로 웃었다. 적에 대한 정보는 아무리 많아도 부족하다.

"좋아, 좋아."

랭스터 공작이 웃으면서 생포한 야만인을 만나러 갔다. 행렬

이 열리면서 병사들이 총독을 향해 고개를 숙였다.

"내 이름은 유릭이다! 포로가 아닌 자유인으로 정당한 대우를 바란다."

랭스터 공작과 마주한 유릭이 말했다. 그 옆에는 스벤이 상처를 입은 채로 누워 있었다. 안 그래도 쇠약해진 스벤이다. 치료를 서두르지 않으면 위험했다.

"다친 포로는 치료하고, 다른 하나는 고문해서 실토하게 해라."

랭스터 공작이 짧게 말하곤 돌아가려 했다.

"총독 각하, 저자는……."

기사 하나가 랭스터 공작을 가로막았다. 북부로 발령받은 지 얼마 안 된 기사였다.

"저 야만인이 뭐?"

랭스터 공작이 이맛살을 찌푸렸다.

"제 기억이 맞다면… 저자를 제대로 대우하는 게 좋을 것 같습니다. 저 사내는 하멜의 마상창시합 우승자인 유릭입니다. 야만인 출신 최초 우승자인지라 제가 똑똑히 기억하고 있습니다."

"뭐? 마상창시합 우승자가 왜 여기에 있어?"

랭스터 공작도 적잖이 당황했다. 그는 수도에 돌아가지 못한 지 5년이 넘었다. 제국의 소식에는 어두웠다.

"이미 병사 중에서도 저자를 알아보는 이들이 있습니다. 듣기론 야만인이지만, 왕족과의 친분도 있다고 합니다. 박하게 대우했다는 소문이 퍼지면 좋지 않을 겁니다."

기사 나름의 충언이었다. 랜스터 공작이 다시 뒤를 돌아봤다.

"쳇, 포로가 아닌 손님으로 대우해라!"

랜스터 공작이 손을 휘저으며 말했다. 그는 자신에게 조언한 기사를 따로 불러서 자세한 이야기를 먼저 들었다.

"영감, 벌써 죽을 거야?"

유릭은 데운 포도주를 마시며 누워 있는 스벤을 바라봤다. 종군성직자가 스벤을 치료하고 있었다.

"자네가 이죽거리는 꼴을 보니 아직 죽진 못하겠네. 으음."

종군성직자가 집게로 스벤의 어깨에 박힌 화살이 빼냈다. 스벤이 통증 때문에 인상을 찌푸렸다.

"날 알아보는 사람이 있었어. 운이 좋았지. 사실 반신반의했는데."

유릭은 화살에 맞아 낙마한 스벤 때문에 항복했다. 혼자라면 포위를 빠져나갔을 수도 있었다.

"날 두고 가지 그랬나. 이참에 싸우다가 죽으면 그뿐이거늘."

"영감이야 그걸로 만족하겠지만, 병든 노인네를 버리고 갔다간 내 꿈자리가 사납잖아."

유릭이 어깨를 으쓱했다.

종군성직자가 연고를 꺼내 스벤의 상처에 발랐다. 치료를 끝낸 성직자가 가볍게 기도하더니 천막을 나갔다.

"다음에 똑같은 일이 생기면 날 버리게, 유릭. 난 죽어도 되는 목숨이니까."

스벤이 단단히 경고하듯 말했다.

"그건 영감이 결정하는 게 아니라 내가 결정할 일이야. 도망가는 것도, 싸우는 것도, 전부 내가 선택해. 내 목숨을 어디에 쓸지는 내가 정하는 거니까."

유릭의 말을 들은 스벤이 눈을 크게 떴다.

"…자네 말이 구구절절 옳아. 하지만 나 때문에 자네가 죽으면 난 곱게 눈을 감지 못하겠지. 나를 위해 그리해 주게, 유릭."

유릭이 말없이 남은 포도주를 마셨다. 난로 덕분에 천막 안에는 온기가 돌았다. 시린 몸이 녹아내리는 기분이었다.

"총독 각하께서 부르셨소, 유릭."

기사 한 명이 천막 안으로 얼굴을 내밀며 말했다.

"곧 가지."

유릭이 자리에서 일어섰다. 그는 누워 있는 스벤을 바라봤다.

"다녀올 테니까, 얌전히 누워 있어."

유릭이 천막을 나섰다. 주변의 시선이 따가웠다. 병사들이 유릭을 보며 수군거렸다. 벌써 많은 소문이 돌았다.

"하멜의 마상창시합 우승자면… 야만인이라 강철기사단까지 힘들어도 태양전사단에 충분히 들어갈 수 있지 않았소?"

기사가 유릭을 안내하며 물었다.

"얽매이는 건 좋아하지 않아서."

유릭이 짧게 대답했다. 그는 주둔지를 가로질러서 가장 큰 천막에 도착했다. 주변에는 잘 무장된 병사들이 보초를 서고 있었다.

천막 안에는 랭스터 공작이 앉아 있었다. 양옆에는 무장한 기사 두 명이 서 있었다. 그들은 언제든 무기를 꺼낼 준비가 되어 있었다.

"유릭."

랭스터 공작이 낮게 중얼거렸다. 그는 다른 이들에게 유릭에 대한 정보를 충분히 들었다.

'마상창시합 우승자, 갑옷파괴자, 포를카나 왕과의 친분.'

랭스터 공작도 포를카나의 국왕이 바뀌었다는 건 들었다. 그 과정에서 제국의 개입도 있었다. 그의 머리가 비상하게 돌아갔다. 손익을 따지며 유릭을 어찌 대할지 생각했다.

'전사의 명성은 별거 아니다. 그래 봐야 일개 야만인이지.'

아무리 명성이 높아 봐야 야만인 전사다. 이 자리에서 유릭을 죽여도 랭스터 공작에게 불이익이 올 건 없었다.

'하지만 포를카나 국왕과의 친분이 있다는 건 꺼림칙해. 이번 포를카나 국왕은 제국과 밀접한 관련이 있는 친제국파지.'

랭스터 공작은 들어오는 유릭을 바라봤다. 유릭은 누가 봐도 잘 단련된 전사였다. 얼굴에 새겨진 잔흉터는 훈장과도 같았다. 투박한 손아귀는 맨손으로도 거뜬히 사람을 죽일 수 있을 것으로 보였고, 강렬한 눈동자는 짐승처럼 누레서 보기만 해도 위압감이 흘렀다.

'잘 대해줘서 손해 볼 건 없지.'

굳이 유릭의 원한을 살 이유는 없었다. 랭스터 공작의 셈이 끝났다.

"난 북부의 총독 랭스터네. 동행은 좀 괜찮은가?"

"운이 좋으면 살 거고, 나쁘면 죽겠지."

유릭이 피식거리며 말했다. 그의 말은 거짓이 아니다. 운이 나쁘면 화살에 스친 것만으로도 죽지만, 운이 좋다면 내장이 삐져나와도 살아남는다. 그렇기에 전사만큼 신을 간절히 믿는 족속도 드물 터다.

"필요한 조치였지. 악감정은 없었으면 좋겠군."

랭스터 공작이 맞은편 의자를 가리켰다. 유릭이 의자에 앉아서 랭스터 공작과 대면했다.

"우린 여행자다. 제국군의 공격을 받을 이유가 없었어."

"그에 대해선 적절하게 보상하겠네. 하지만 검문을 거부하고 도망간 그쪽도 잘못이 있지."

"우린 야만인이야. 날 알아보지 못했으면 우리가 뭐라 말하든 고문부터 하고 봤겠지, 안 그래? 이 군대는 뮬린을 공격하러 가는 길이잖아."

랭스터 공작은 잠시 침묵했다. 유릭의 말은 정론이었다.

"뮬린을 공격한다는 걸 알면서도 뮬린 근처를 왜 맴돈 건가?"

"내가 어디로 가든 그건 내 자유지. 난 자유인이니까."

"그대와 동행이 뮬린에 합류하지 않는다는 보장은 없지."

"전사 두 명이 뮬린에 합류한다 한들 제국의 군세 앞에서 뭐가 바뀌겠어? 뮬린이 제국군의 습격을 안다고 해서 막을 수나 있을까? 패배한 북부인 잔당이잖아."

"마치 북부인이 아닌 것처럼 말하는군."

"난 북부인이 아니야."

랭스터 공작이 잠시 고개를 갸웃했다. 북부인일 거란 편견이 깨지니 유릭이 남부인처럼 보이기도 했다.

"그러니까 나는 뮬린이 어찌 되든 상관없어. 공격받아 멸망하든, 말든 내 알 바가 아닌 거지."

유릭이 랭스터 공작을 바라봤다.

'하지만 용의 유해라는 건 보고 싶어.'

어떻게든 제국군이 뮬린을 공격하기 전에 들르고 싶었다.

삐걱.

유릭이 의자에 등을 기댔다.

"제국군과 북부인의 싸움에는 관심없어. 날 바로 보내주면 좋겠군."

랭스터 공작이 고개를 저었다.

"자네가 뮬린의 첩자일 가능성이 없다곤 확신할 수 없지. 다소 불편하더라도 참아주게."

랭스터 공작은 신중하게 행동했다. 아무리 유리한 상황이라도 전쟁의 승패는 모르는 법이다. 변수는 적으면 적을수록 좋다.

유릭도 인상을 찌푸렸다. 여기서 발목을 잡힐 생각은 추호도 없었다.

'그렇지만 여길 빠져나가려고 애를 쓴다면 내가 뮬린의 첩자라고 생각하겠지.'

실제로도 유릭은 뮬린으로 가는 길이다. 여러모로 의심을 받기 딱 좋은 상황이었다.

"나는 자네를 손님으로 대우할 거네. 나쁘진 않을 거야. 이런 동토에서 좋은 식사와 따뜻한 잠자리를 구하는 건 힘들지. 자네 동행에 대한 부상은 금화로 사례하겠네."

랭스터 공작은 결정을 내렸다. 그는 뮬린과 접촉할 때까지 유릭을 잡아둘 생각이었다.

'어쩔 수 없지. 스벤은 안타까워하겠지만.'

유릭은 무리해서 돌파할 생각은 없었다. 늦게 간다고 용의 유해가 없어지진 않을 터다. 제국군이 뮬린을 공격하고 나서 들러도 된다.

"알았어. 대신 술과 음식은 충분히 준비해 줘."

"말이 통하니 좋군, 유릭."

랜스터 공작도 만족스럽게 웃었다.

"그럼 이만."

유릭이 자리에서 일어나며 고개를 까닥였다. 그러고는 천막 밖으로 걸어 나갔다. 아까 유릭을 안내했던 기사가 기다리고 있었다.

"포를카나 내전에도 참가했다고 들었소. 페르젠 장군께서는 정말로 사라지신 거요?"

기사가 은근슬쩍 물었다. 검귀 페르젠의 행방은 아직도 기사들의 관심거리였다. 페르젠의 급작스러운 실종은 많은 소문을 낳았다. 페르젠이 죽지 않았다고 믿는 이들도 많았다. 루의 축복을 받아 불멸자가 되었다는 말도 있었다.

'불멸의 기사가 되었군, 검귀 페르젠.'

유릭은 어떤 면에서 페르젠이 부러웠다. 그는 생의 목적을 달성하고 미련 없이 죽은 전사다.

"글쎄……."

유릭이 눈을 감았다. 페르젠의 마지막 모습이 아직도 선명했다. 유릭은 눈을 뜨고 주둔지를 둘러봤다. 많은 병사가 바쁘게 오갔다.

뮬린 토벌군의 숫자는 얼추 천여 명이 넘었다. 단시간에 소집한 것치고는 많은 숫자였다. 아직 북부의 군사요중지에서 출발한 병사들이 더 합류할 것이다. 소집이 끝나면 토벌군은 뮬린을 공격할 터다.

"음?"

유릭은 한 무리의 병사들을 바라봤다. 십여 명의 병사가 무리 지어 이동하고 있었다. 복식은 제국병사였으나, 그들의 걸음걸이가 어쩐지 이질적이었다.

병사 무리와 스친 유릭이 뒤를 돌아봤다. 병사 중 하나도 고개를 들어서 유릭을 바라보다가 황급히 시선을 돌렸다.

스스스.

유릭의 직관이 무언가를 경고했다. 정확히 무어라 형용하긴 힘들었으나, 깊은 불안감과 이질감이 위험을 알렸다.

스륵.

의식하지 않아도 손가락이 절로 도끼자루에 닿았다.

"유릭?"

앞서 걷던 기사가 따라오지 않는 유릭을 보며 고개를 갸웃했다.

"냄새가 나."

유릭이 중얼거렸다. 그가 총독의 천막 방향으로 저벅저벅 걸어갔다.

"총독 각하는 그렇게 한가한 사람이 아니오. 다음 면담은……"

기사가 유릭을 말리며 말했다.

"그게 아니야. 뭔가 이상한 게 느껴지지 않아? 저놈들 말이야."

유릭이 병사 무리를 가리키며 말했다. 유릭은 짐승과도 같은 감을 지니고 있다. 날아오는 화살도 피해낼 정도로 무시무시한 육감이었다.

"어? 아아아!?"

기사가 유릭이 가리킨 병사들을 바라보다가 소리를 질렀다. 그가 황급히 칼을 뽑으며 총독의 천막으로 뛰어들어 갔다.

"습격이다! 적의 기습이다!"

유릭을 지나친 병사 무리가 갑자기 무기를 뽑으며 총독의 천막으로 달려들었다. 천막 입구를 지키던 병사들의 목이 순식간에 달아났다.

"울- 가로여!"

투구를 벗어 던진 병사들이 외쳤다. 그들은 주둔지로 숨어든 북부전사들이었다.

"오오오오오!"

북부전사들이 총독의 천막을 찢으며 안으로 성큼성큼 들어갔다. 그들의 행동에는 두려움과 망설임이 없었다. 총독을 죽이고, 싸우다 죽을 생각이었다.

"언덕이 우리를 기다리네! 형제들이여!"

북부전사들이 사납게 외쳤다. 그들이 닥치는 대로 주변의 병사를 베었다. 상당한 수준의 전사들이었다. 비쩍 마른 얼굴이었지만, 눈동자에 맺힌 광기만큼은 대단했다.

"이를 어쩐다."

유릭이 도끼를 양손으로 번갈아 잡으며 고민했다.

머릿속에서 여러 계산이 오갔다. 북부전사들이 습격에 성공해서 총독을 죽일 경우와 실패할 경우. 여기서 총독을 구해준다면 유릭에 대한 의심이 풀릴 것이며…….

"생각이 너무 길어도 탈이지."

유릭이 머리를 털며 웃었다.

"눈앞에서 싸움이 벌어졌어. 전사라면 일단 싸우고 생각해 볼 일이지!"

유릭이 칼과 도끼를 하나씩 꼬나쥐고 천막으로 걸어 들어갔다. 피비린내가 벌써 자욱해 코끝이 찌릿하다. 머릿속에서 터진 황홀한 긴장감이 전신으로 퍼졌다.

"비열한 야만인 새끼들이!"

천막 안에서는 싸움이 한창이었다. 랭스터 공작도 열이 머리까지 솟아서 칼을 거칠게 뽑았다. 그 옆에 있던 기사들이 랭스터 공작을 보호하듯 앞으로 나섰다.

"우오오오오!"

일촉즉발의 상황이었다. 총독의 천막은 주둔지 한가운데였다. 여길 급습한 북부전사들은 총독만을 죽이러 달려온 화살이었다. 활시위를 떠난 화살은 돌아오지 못한다. 죽음을 각오한 습격은 효과적이었다.

'기강이 해이해졌군. 야만인들이 변장해서 여기에 올 때까지 아무도 몰랐다니!'

랭스터 공작이 욕설을 내뱉으며 다가오는 야만인과 칼을 마주했다.

"큿!"

숫자에서 불리했다. 랭스터 공작은 야만인의 배를 찔렀으나, 찌른 것 정도로 야만인은 멈추지 않았다. 목을 베거나 심장을 찔러 죽여야지만 멈춘다. 그게 북부전사의 무서움이었다. 전장에서 죽는 걸 긍지로 여기는 전사.

"컥."

주변 기사들이 쓰러졌다.

북부전사들은 동료의 죽음조차 이용해 기사들을 몰아붙였

다. 그들은 형제가 적의 숨통을 끊어줄 거라 믿으며 죽었다. 심지어 동료의 배를 관통해서 적과 함께 죽이기도 했다.

"언덕에서 만나세!"

피를 뒤집어쓴 북부전사가 외쳤다. 그가 랭스터 공작 앞으로 다가갔다. 조금만 더 시간을 끌었다가는 제국병사들이 들어올 터다.

'지금 끝내야 해. 마지막 기회다.'

다시는 이런 급습이 통하지 않을 터다. 제국군은 멍청하지 않다. 이번 급습이 성공한 것도 기적이었다.

"제기랄."

랭스터 공작이 인상을 찌푸렸다. 그가 방금 찌른 북부전사가 죽어가면서도 랭스터 공작의 칼을 붙잡고 놓지 않았다. 맨손으로 북부전사를 상대할 순 없었다. 주변을 둘러봐도 당장 무기로 쓸 만한 게 보이지 않았다.

"제국인이여, 북부의 분노를 받아라."

북부전사가 랭스터 공작에게 다가오며 중얼거렸다.

'머저리 같은 북부 놈들.'

랭스터 공작은 총독이지만, 그저 제국의 부품이다. 그를 대체할 사람은 얼마든지 있었다. 총독이 죽으면 북부인에 대한 차별만 더 심해질 뿐이다.

'루여.'

랭스터 공작은 죽음을 직감하곤 루를 불렀다.

콰직!

살이 으깨지는 소리가 났다. 랭스터 공작은 자신이 루의 품에 안겼는지 확인했다.

'아직 난 죽지 않았군, 그렇다면…….'

랭스터 공작이 고개를 치켜들었다. 자신을 공격하려던 북부전사의 머리에 도끼가 박혀 있었다. 일격에 머리통이 깨져서 즉사했다.

털썩.

북부전사가 쓰러지고 그 뒤에 건장한 사내가 보였다. 그는 다른 야만인과 분위기가 달랐다.

"유릭……."

유릭이 북부전사의 피를 뒤집어쓴 채로 서 있었다.

"투구는 쓰는 게 좋아. 안 그러면 한 방에 머리가 쪼개지거든."

투구를 쓰지 않은 유릭이 그리 말했다. 찢어진 천막 사이로 북풍이 불어 들어왔다. 유릭의 머리카락이 사납게 흩날렸다. 유릭이 칼을 과감하게 휘둘렀다. 덤벼오는 북부전사의 목젖을 정확하게 베어냈다. 그는 랭스터 공작을 보호하며 다가오는 적들을 하나둘씩 베어냈다.

이미 천막 안에는 제국병사들이 몰려와서 북부전사들을 에워쌌다.

푸- 욱!

북부전사들은 쉽게 당하지 않았다. 제국병사들은 죽음을 두려워했고, 북부전사들은 죽음을 두려워하지 않았다. 제국병사들은 섣불리 먼저 다가가지 못하고 북부전사 주변을 맴돌았다.

'숫자를 압도하는 기세.'

제국병사들 입장에서는 먼저 덤비면 위험할 뿐이었다. 서로서로 목숨을 아끼느라 머뭇거렸다.

유릭이 혀를 차며 상황을 관망했다. 이미 랭스터 공작은 안전한 곳으로 이동했다.

다섯 남은 북부전사가 포위당한 채로 무기를 위협적으로 허공에 휘둘렀다. 고작 다섯 명이서 팽팽한 대립을 유지했다.

"궁- 수!"

어느새 궁수 배치가 끝났다. 병사들이 무릎을 꿇으며 화살 길을 열었다.

"쐐!"

궁수들이 활시위를 놓았다. 북부전사들이 어깨를 맞댄 채로 방패를 서로 겹쳤다.

"카악."

방패를 겹쳐도 몸을 전부 가리긴 힘들었다. 빈틈은 생길 수밖에 없었다. 다리나 어깨에 화살을 맞은 북부전사들이 신음했다.

"찔러!"

창을 든 병사들이 북부전사들을 공격했다. 창수들은 거리를 두고 천천히 북부전사들을 찔러 죽였다. 참다못한 북부전사들이 병사들을 향해 뛰어들어 갔으나 기다리고 있던 병사들 손에 목숨을 잃었다.

'전투가 아니라 짐승을 사냥하는 것 같군.'

제국군은 효율적으로 북부전사들을 죽였다. 숫자에서 압도하면서도 정면승부를 하지 않았다. 그게 제국군이 최강의 군대라고 불리는 이유이기도 했다.

'마음에 들지 않는 방식이지만…… 제국군이 뛰어난 건 사실이야.'

유릭이 자신의 도끼를 회수하며 생각했다. 북부전사 하나하나는 뛰어난 전사들이었지만 군대로 따지면 그저 짐승 무리나 다름없었다. 반면에 제국군은 병사 하나하나가 필요한 역할을 수행하며 하나의 생명체처럼 움직였다.

"자네가 내 목숨을 구했군."

랭스터 공작이 북부전사의 시체를 바라보며 유릭에게 말을 걸었다. 그는 유릭 덕분에 별다른 부상이 없었다.

"이제 나를 믿겠어?"

유릭이 씨익 웃었다. 랭스터 공작은 유릭의 미소를 보곤 섬

뜩했지만 내색하진 않았다.

"자네는 잘 모르겠지만, 방금 자네의 도끼가 북부 전체에 평화를 가져온 거네. 내가 죽었다면 반야만인 파벌 귀족들이 내 죽음을 꼬투리 삼아서 정책 변화를 요구했겠지. 멀쩡하게 살고 있는 북부인들마저 탄압당하고 노예로 끌려갔을 걸세."

유릭은 어깨를 으쓱했다. 그런 정치 따윈 알 바가 아니었다.

"난 여기서 발목 잡히긴 싫어. 내 마음대로 언제든 출발해도 되겠지?"

"물론이네."

랜스터 공작이 고개를 끄덕였다. 그는 유릭에 대한 의심을 완전히 걷었다. 그가 뮬린의 첩자라면 랜스터 공작은 이미 죽었을 것이다.

유릭은 주변의 시선이 호의적으로 변한 걸 느꼈다. 그가 총독의 목숨을 구했다. 총독이 죽었다면 그 책임을 물어 여러 사람의 목이 날아갔을 터다.

"방금 당신은 많은 사람의 목숨을 구한 거요. 북부인과 문명인 모두의 목숨을 구했지."

유릭을 안내했던 기사가 얼굴에 묻은 피를 닦으며 말했다. 그도 랜스터 공작을 살리기 위해 북부전사들과 싸웠다.

"칭찬받으려고 한 일은 아니지만, 기분이 나쁘진 않군. 하핫."

유릭이 웃으면서 무기를 집어넣었다. 그는 피를 씻은 뒤에 스벤이 누워 있는 천막으로 돌아갔다.

"바깥이 소란스럽던데, 무슨 일이 있었나?"

스벤이 엎드려 누운 채로 물었다. 그는 방금까지 잠을 잤는지 비몽사몽 한 얼굴이었다.

"별거 아니야. 그리고 여기 총독에게 떠나도 된다는 허락을 받았어."

"오오, 그거 잘됐군. 자네 이름이 먹히던가?"

"내 이름을 듣더니 '아이고, 유릭 님! 당장 보내드리겠습니다!'라고 호들갑을 떨던걸?"

유릭은 굳이 스벤에게 북부전사의 습격을 알리지 않았다. 분명 스벤이 씁쓸해할 터다.

'안 그래도 기력이 허한데, 마음고생거리를 더 늘릴 필요는 없겠지.'

스벤이 없는 기력을 짜내 몸을 일으켰다.

"되도록 빨리 출발하세나. 내일이라도 당장."

유릭이 고개를 끄덕였다. 스벤은 화살에 맞아 상처를 입은 상태였다. 평소라면 그게 나을 때까지 기다렸겠지만, 지금은 시간이 여러모로 촉박했다. 언제 제국군이 뮬린을 공격할지 모르며…… 무엇보다 스벤에게 남은 시간이 많아 보이지 않았다.

시간이 없다는 건 스벤 본인도 잘 알았다. 그렇기에 유릭을 재촉했다.

Chapter 2

　유릭과 스벤은 이튿날 제국군의 주둔지를 떠났다.

　"두둑하게 챙겼군."

　킬리오스 위에 앉은 유릭이 짤랑거리는 금화들을 보며 말했다. 돈이라면 부족하지 않았지만 받아서 나쁠 건 없었다.

　"뮬린에 도착하기 전에 몇 가지 명심해야 할 게 있네."

　스벤은 눈 밑이 검었고, 목소리는 쉬어서 힘이 없었다.

　"엉?"

　"자네는 북부어가 서투네. 뮬린의 사내들은 자네가 북부 출신이 아니라는 걸 금방 알아보겠지. 북부인이 아닌 사내에게 쉽게 용의 유해를 보여주진 않을 거네."

　유릭이 인상을 찌푸렸다.

"그럼? 다른 방법이 있으니까 나를 데려가는 거잖아."

"자네를 내 아들이라고 말할 생각이네. 어린 시절을 문명세계에서 보냈기에 북부가 낯선 것이지. 뮬린을 향해 성지순례 가는 부자라고 한다면 이상하게 여기지는 않겠지."

유릭이 가만히 듣다가 고개를 끄덕였다.

"나쁘지 않은걸."

"북부의 사내라면 어른이 되기 전에 뮬린에 들르는 법이지. 전통을 지키는 자를 막아서진 않을 걸세."

스벤이 아련한 과거를 떠올렸다. 북부의 사내들은 아들을 낳으면 장성하기 전에 뮬린에 데려간다. 스벤의 아버지도 그랬으며, 스벤도 아들이 죽기 전에 뮬린에 함께 갔었다.

유릭과 스벤은 북쪽으로 더 올라갔다. 풀 한 포기 없는 설원이 이어졌다. 사람이 살 수가 있을까 싶은 땅이었다. 뮬린으로 가는 길은 척박했다.

철퍽.

스벤이 갑작스레 말에서 떨어졌다. 그가 눈 속에 파묻혀 숨을 헐떡였다. 의식이 흐릿한 듯했다.

"어이, 스벤. 일어나 봐."

유릭이 스벤의 뺨을 툭툭 쳤다. 스벤이 좀처럼 정신을 차리지 못했다.

"제기랄."

유릭은 스벤을 말 위에 얹었다. 그는 야영할 만한 곳을 찾아 이동했다.

처억.

말을 끌고 이동하던 유릭이 멈춰 섰다. 그는 침엽수가 빼곡한 숲에서 세 명의 사내가 걸어 나오는 걸 발견했다.

"저놈들은 또 뭐야?"

유릭이 투덜거리며 말에서 내렸다. 발목까지 눈밭에 푹푹 잠겼다.

숲에서 나타난 사내들은 무기를 뽑아 들고 접근했다. 딱 봐도 우호적인 무리는 아니었다. 가죽을 여러 겹 걸친 사내들의 얼굴이 앙상했다.

"가진 걸 내놓고 가라. 목숨만은 살려주지."

사내들이 북부어로 말했다. 유릭은 전부 알아듣지 못했지만, 어느 정도는 이해했다. 약탈 경고엔 말로 대답하지 않아도 된다.

키이잉.

무기를 뽑으면 그걸로 대답이 된다. 사내들도 유릭의 대답을 듣고는 고개를 끄덕였다.

사내들은 퓰린에 머무는 전사들이었다. 하지만 퓰린은 식량 생산능력이 없는 땅이다. 고립된 퓰린의 전사들은 굶주렸고, 근처의 마을과 여행자들을 닥치는 대로 약탈했다.

"가지고 싶으면 힘으로 가져가서야지, 북부인답게 말이야."

유릭이 칼과 도끼를 교차하며 제국어로 말했다. 사내들의 숫자는 셋이었기에 해볼 만하다고 판단했다.

'놈들의 얼굴이 비쩍 말랐어.'

유릭은 사내들의 영양상태가 좋지 않다는 걸 알았다. 반면에 유릭은 여행 중인데도 영양상태가 아주 좋았다. 근육은 팽팽했고 얼굴에는 살이 붙어 있었다.

사내들 입장에서는 유릭을 놓아줄 수 없었다. 이런 혹한에 말을 두 마리나 끌고 다니는 여행자였다. 분명히 가방에도 먹을 게 많을 터다.

'기운이 예사롭지 않은 놈이지만, 여기서 말과 식량을 놓칠 순 없지.'

사내들이 제각기 무기를 뽑으며 유릭의 주변을 빙빙 돌았다.

휙!

유릭이 도끼 하나를 던졌다. 북부인이 자신의 칼을 휘둘러 유릭의 도끼를 쳐냈다.

'어라, 제법인걸?'

유릭은 도끼를 던져서 한 명을 죽이고 시작할 생각이었다. 기습적으로 던진 도끼인데도 사내가 잘 쳐냈다.

찌릿.

도끼를 쳐낸 사내도 눈을 크게 떴다. 옆으로 빗겨서 쳐냈는데도 상당히 묵직했다. 손이 저려서 감각이 흐렸다.

'보통 놈이 아니다.'

사내들이 눈빛을 교환하며 신호를 보냈다. 그들이 사방에서 유릭을 덮쳤다. 동시에 덮쳐오는 공격이라 유릭도 자리를 피할 수밖에 없었다.

유릭이 옆으로 굴러서 협공을 피했다. 그가 벌떡 일어나서 칼을 휘둘렀다. 사내들이 유릭을 그대로 따라오고 있었다.

캉! 캉!

유릭이 쉬지 않고 칼을 휘둘렀다. 사내들의 공격을 연거푸 막아냈지만, 반격의 틈은 잡지 못했다.

거친 쇳소리가 설원에 퍼졌다. 유릭은 인내심을 가지고 뒤로 물러나며 사내들의 빈틈을 노렸다.

'생각해 보면 세 명이 우스운 건 아니지. 제길!'

요새 다 대 일로 자주 싸워 이겨서 감이 둔해졌던 모양이다. 유릭이 집중하며 칼을 높게 들었다. 기사검술 중 하나인 올빼미의 자세였다.

"죽어라! 개자식들아!"

유릭이 힘차게 칼을 휘둘렀다. 위에서 아래 방향으로 긋는 대각선 베기였다. 가장 단순하지만 가장 강력한 베기다. 기사검술에서는 올빼미의 분노라고도 불리는 필살공격이었다.

카아앙!

사내가 자신의 칼을 들어서 유릭의 공격을 막으려고 했다. 하지만 그는 유릭의 힘을 이기지 못했다. 유릭이 사내의 칼을 힘으로 짓누르며 어깨까지 깊게 베었다.

"카악."

사내가 비명을 질렀다. 쇄골부터 갈라진 상처가 심장까지 닿았다. 그가 비틀거리다가 설원에 주저앉았다. 숨만 헐떡이며 죽어갔다.

'분명 막았는데 힘으로 눌러서 베었다.'

옆에 있던 사내들이 움찔했다. 그들은 유릭의 괴력과 칼의 성능에 놀랐다.

"후우우."

유릭이 입김을 뿜으며 누런 눈동자를 빛냈다. 그는 칼에 들러붙은 핏물이 얼어붙기 전에 소맷자락으로 문질러 닦았다.

"베는 감을 잊기 전에 빨리 덤벼라. 울가로 곁으로 보내주지. 내가 그쪽 방면에서 꽤 전문가거든. 예약된 손님도 있고 말이야."

유릭이 키득키득 웃으며 말안장에 배를 걸치고 누워 있는 스벤을 바라봤다.

"스벤! 빨리 일어나! 그토록 바라던 싸움이라고! 언제까지 그렇게 누워 있을 거야?

사내들은 말안장에 누운 일행이 더 있다는 걸 알았다. 그쪽은 반응이 없었기에 내버려 뒀을 뿐이었다.

스륵.

하지만 유릭의 말에 스벤이 반응했다. 다 죽어가는 노인네가 도끼를 들고 말에서 내렸다. 걸음걸이는 비척거렸으나 싸우려는 의지는 분명히 보였다.

"쿨럭."

스벤이 피를 토하며 눈을 떴다. 아른거리는 눈을 들어서 싸우고 있는 유릭을 바라봤다. 자세한 상황은 모르지만 유릭이 싸우고 있었다.

"울가로여…!"

싸우다 죽으면 그뿐. 병든 몸이지만 두려움은 없다. 그가 양손도끼를 들고 달려 나갔다.

"어디서 다 뒈져가는 노인네가!"

두 명의 사내는 각각 유릭과 스벤 앞에 섰다. 무기를 들고 생사의 경계를 향해 뛰었다. 잠시 뒤면 이들 중에 절반은 죽을 터다. 생사의 갈림길에서 전사들은 자신의 신을 부르짖었다.

유릭은 부를 신이 없었다. 그는 그저 악귀가 되지 않기 위해서 발버둥 쳤다.

쿵!

스벤이 도끼를 휘둘렀다. 머릿속은 열이 차서 생각이 떠오르지 않았다. 몸에 새겨진 본능대로 싸웠다. 본능이나 다름없는 전투기술은 교묘하게 적의 급소를 노렸다.

쩌억!

스벤의 도끼가 사내의 가슴을 갈랐다. 튀어 오른 뜨거운 피가 스벤의 얼굴에 닿았다.

"아직 손놀림이 살아 있네. 금방 죽진 않겠어, 영감."

유릭도 나머지 사내의 목을 힘차게 베며 외쳤다.

"자네에게 진 빚을 갚을 때까진 못 죽지."

스벤이 낮게 웃으며 죽은 사내들을 바라봤다.

'뮬린의 상태가 좋지 않은가 보군.'

뮬린은 성지다. 아무리 험한 북부인들이라도 이 부근에서는 약탈과 살인을 멈췄다.

고오오오!

험한 눈보라가 점차 걷혔다. 유릭이 눈을 크게 떴다. 시야가 맑아지자 설산이 보였다. 그 위에는 옹기종기 지은 집들과 커다란 사원 하나가 있었다.

"저기가 뮬린이네, 유릭."

스벤이 눈을 감았다. 세 번째 방문이었다. 어린 시절에는 아버지와 함께, 장성해서는 아들과 함께, 이번에는 머나먼 곳에서 온 친구와 함께.

'그리고 네 번째는 없겠지.'

유릭과 스벤은 말고삐를 잡고 산에 올라갔다. 산세는 험했지만, 사람이 오랫동안 오갔는지라 길은 잘 닦여 있었다.

"순례자인가?"

"말을 끌고 왔군."

산길 옆으로는 초라한 움막이 많았다. 움막에서 나온 북부인들이 유릭과 스벤을 유심히 지켜봤다.

"말을 조심하게. 눈을 떼면 잡아먹힐 수도 있어."

스벤이 눈치를 보며 말했다. 뮬린의 북부인들은 몹시도 굶주린 상태였다. 얼굴이 앙상하게 말라서 볼품없었다. 사냥 말고는 식량을 구할 방법이 없는 땅에서 오랫동안 고립된 자들이었다. 하지만 그들의 눈동자에는 종교적 열광이 빛나고 있었다.

'육체적 고통을 인내하면서도 전통과 종교를 지키는 거지. 아니면 제국에게 쫓기는 몸이거나.'

뮬린에 머무는 자들은 어떤 사정이 있든 간에 제국에게 등을 진 자들이다.

"곧 제국군이 여길 공격할 텐데, 저들이 막을 수 있을까?"

유릭이 눈을 흘기며 말했다. 스벤은 대답하지 않았다.

"멈추시오."

산을 어느 정도 오르자, 무장한 전사들이 앞을 가로막았다. 그들은 산 아래에 있는 자들보다는 얼굴 상태가 좋았다.

"우린 순례자요."

"이런 시기에 순례라니, 수상하기 짝이 없군."

"북부인이 뮬린에 오는 게 뭐가 수상하단 말이오."

스벤이 따지자 전사는 할 말이 없었다. 북부인이 뮬린에 오는 건 당연했다.

"흐음, 이름은?"

"나는 고리간의 스벤. 옆에는 내 아들인데 제국령에서 자라서 뮬린에 처음 오는 거요."

스벤의 말을 들은 전사들이 자기네들끼리 뭐라 중얼거렸다.

"사제를 불러오겠소, 여기서 기다리시오, 고리간의 스벤."

뮬린은 원래 사제들의 땅이다. 순례자들이 가져오는 공물을 받아서 사제들은 생계를 유지했었다.

"고리간의 스벤……."

꾀죄죄한 천을 길게 두른 사제가 나왔다. 그가 전사들에게 이야기를 듣고는 스벤의 앞으로 다가왔다.

"흠."

유릭은 사제의 생김새를 보고 조금 놀랐다. 사제는 머리카락이 한 올도 없었으며, 두피부터 목까지 새카맣게 칠한 상태였다. 그늘 아래의 사제는 눈동자의 흰자만이 둥둥 떠다니는 듯했다.

"방문목적은 무엇인가?"

사제가 느릿하게 말했다. 길게 늘어지면서도 목구멍을 떠는 목소리였다. 울림이 강해 두 사람이 말하는 듯했다.

"아들을 위한 순례요."

"순례를 오기에는 이미 장성한 사내로군."

"제국령에서 자라 북부의 혼을 잊고 있었던 녀석이오."

"바깥을 떠돌던 자인가. 이런 시기에 찾아오다니……."

사제가 잠시 생각하더니 말을 가리켰다.

"말 한 마리를 제물로 바치게."

스벤이 고개를 끄덕이며 자신의 말을 어디론가 끌고 사제를 따라갔다. 유릭은 킬리오스를 다독이며 주변을 바라봤다.

"형씨, 그 말도 우리에게 바치시지."

"히히, 말고기도 좋지. 살이 잘 오른 놈이로군. 여행 중에 잘 먹었나 봐?"

스벤과 사제가 자리를 비운 틈에 북부인 두 명이 유릭에게 달라붙었다. 그들은 북부어와 제국어가 뒤섞인 말을 했다. 유릭은 북부어로 말하는 건 서투나, 듣는 건 어느 정도 숙달됐다.

"거기서 손 치워. 손가락 빠개 버리기 전에."

유릭이 팔짱을 끼며 말했다. 북부인들이 나무에 묶인 킬리오스를 매만졌다. 여차하면 짐이라도 훔쳐갈 기세였다.

"이러지 말자고. 우린 다 같은 형제가 아니던가."

유릭이 치근덕거리는 북부인의 목소리에는 간절함이 섞여 있었다. 그들은 오랫동안 제대로 된 식사를 하지 못했다. 뮬린 부근의 사냥감은 씨가 말랐고, 약탈해 온 식량도 모두에게 배분하기에는 턱없이 부족했다.

뮬린에 모인 자 중에서는 종교적 신념이 아닌 이유로 어쩔 수 없이 온 자도 많았다. 고향에서 추방당했거나 범죄를 저질러 제국군에게 수배당한 자들이다. 그런 이들은 뮬린의 혹독한 환경을 견디기 힘들어했다.

'자고 일어났다가 동상에 걸린 발가락 하나 자르는 건 흔한 일이지.'

뮬린에 오래 머문 이들 중에 손, 발가락이 멀쩡한 사람은 드물었다.

'능구렁이 같은 놈들.'

유릭이 인상을 찌푸리며 들러붙는 북부인을 바라봤다. 유릭이 가진 식량을 노리는 놈이었다.

북부인이 유릭의 짐에 손을 뻗었다.

뿌득.

유릭이 그 손을 낚아채서 꺾었다. 손가락이 꺾이는 소리가 났다.

"끄악!"

손가락이 꺾인 북부인은 반대편 손으로 손도끼를 뽑아 들었다. 하지만 유릭의 반응이 더 빨랐다.

퍽.

유릭은 발을 뻗어서 북부인의 사타구니를 걷어찼다. 무언가가 깨지면서 북부인의 아랫도리가 빨갛게 물들었다.

"꺼, 꺼어억, 끄으으으."

북부인이 주저앉으며 신음했다. 그는 차라리 죽는 게 낫다 싶을 정도로 끔찍한 고통을 느꼈다.

"경고했잖아. 왜 말을 안 들어?"

유릭이 시큰둥하게 쓰러진 북부인의 뒷덜미를 잡아서 수풀 쪽으로 내던졌다. 유릭에게 치근덕거리던 북부인들이 슬금슬금 뒷걸음쳤다.

"싸움을 제법 하는군."

구경하던 전사가 유릭에게 말했다. 유릭은 고개를 끄덕이며 스벤을 기다렸다.

"따라오게, 유릭."

스벤이 멀찍이서 나타나 말했다. 그는 방금 말을 도축해서 손아귀에 피가 묻어 있었다. 죽은 말은 울가로에게 바치는 제물이 된다.

유릭이 한쪽 구석에서 죽은 말을 바라봤다. 천을 두른 사제들이 옹기종기 모여서 말의 생고기를 잘라서 먹었다. 그들은 오래간만에 맛보는 고기인지 게걸스럽게 고기를 씹어댔다.

북부사제는 경건하고 엄숙한 태양사제와는 달랐다. 머리를 빡빡 깎고 얼굴을 검게 물들인 북부사제들은 더 원초적인 존재들이었다. 그들이 말의 사체 근처에서 쩝쩝거리는 꼴은 기괴했다. 어떤 이들은 손으로 내장을 꺼내 으석으적 씹어 먹기도 했다.

"여기서부터는 행동거지를 조심하게."

스벤이 유릭의 옷깃을 당기며 말했다. 그는 사제를 따라 계단을 올랐다. 돌을 쌓아서 만든 계단이었다. 제법 높아서 한참을 걸어가도 끝이 보이지 않았다.

"울가로가 우릴 보고 있네."

스벤이 재차 말했다. 유릭은 주변을 둘러봤다.

'하늘이 가깝게 느껴지는군.'

눈보라가 그친 하늘은 맑았다. 신전은 하늘 가까이에 지어져 있었다.

'분명 검의 언덕은 하늘에 있는 거겠지.'

하늘, 그건 인간들에게 닿을 수 없는 동경이었다. 하늘산맥에서조차 하늘은 머나먼 존재였다.

'태양신 루든, 울가로든 하늘에 있다는 거겠지.'

유릭이 계단을 올라갔다. 신이라 불리는 자들은 저곳에서 인간을 내려보고 있을 터다. 지상은 인간과 악령이 사는 곳, 하늘은 고고한 신들이 사는 곳.

유릭은 자신도 모르게 깊은 생각에 잠겼다. 성지라 불리는 만큼 신성한 무언가가 있는 걸까? 단지 기분 탓인 걸까? 스벤의 말처럼 울가로가 지켜보기 때문인 걸까?

계단을 계속 걷고 있자니 정신이 몽롱해졌다. 규칙적인 계단은 아무리 올라도 제자리인 듯했다.

"유릭."

스벤이 잠시 숨을 골랐다.

"왜?"

"울가로를 믿어볼 생각은 없나? 자네 같은 전사라면 울가로도 기꺼이 받아들이겠지."

유릭이 움찔했다. 가슴을 움켜잡아도 태양 펜던트는 없었다.

"나는 이미 루를 믿었다가 버렸지. 같은 실수를 하긴 싫어."

신을 버리는 건 좋은 일이 아니다. 신의 분노가 언제 떨어질지 몰랐다.

"루는 전사의 신이 아니니까. 하지만 울가로는 전사의 신이네."

"난 루를 이해하지도 못하면서 다짜고짜 믿었어. 그저 죽어서 악귀가 되는 게 두려웠던 거겠지. 울가로도 마찬가지야, 난 울가로를 이해하지 못해. 악귀가 되기 싫단 이유로 아무 신이

나 믿을 순 없어."

"신은 이해하는 게 아니야. 그저 믿는 거지. 신은 우리의 이해에서 벗어났기에 신이라 불리는 거라네."

유릭이 잠시 멈춰 서며 눈을 감았다가 떴다. 눈동자가 고요했다.

"유릭?"

뒤따라가던 스벤이 고개를 갸웃했다.

'환상?'

유릭이 눈을 비볐다. 나무 뒤에서 날개투구를 쓴 전사가 보였다.

'울가로?'

태양 빛이 반사돼서 그랬던 것일까? 눈을 비비니 다시 아무것도 보이지 않았다.

"뭐라도 본 건가?"

스벤이 유릭을 잡으며 물었다. 스벤의 눈동자가 신중했다.

유릭의 눈동자가 미미하게 떨렸다. 그는 날개투구 전사가 사라진 방향을 쳐다봤다. 눈을 감았다가 뜰 때마다 햇빛이 일렁였다.

'내가 미쳐 버린 건가.'

고개를 살짝 흔들었다.

"유릭, 뭔가를 봤다면 계시를 무시하지 말게."

"아무것도 아니야. 잠시 어지러워서."

공기가 척박했다. 헛것을 봐도 이상할 게 없었다. 서서히 계단의 끝이 보이며 신전도 가까워졌다. 입구 옆에는 돌로 깎아 만든 울가로의 전신상이 있었다.

'날개투구.'

울가로 전신상은 날개투구를 쓰고 있었다. 유릭이 가슴을 부여잡았다. 심장이 쿵쿵 뛰어서 주체하기 힘들었다.

유릭은 울가로가 날개투구를 쓰고 있다는 걸 몰랐었다.

'내가 방금 본 건……'

유릭의 동공이 작아졌다가 커지길 반복했다. 어쩌면 울가로가 날개투구를 쓰고 있다고 무의식중에 어디선가 들었을지도 모른다. 아니면 순례자를 놀려먹기 위한 누군가의 속셈일 수도 있다. 유릭은 숨을 천천히 몰아쉬며 마음을 진정시켰다.

"들어오시오, 고리간의 스벤 그리고 스벤의 아들 유릭."

어느새 신전 입구에 먼저 와 있던 사제가 말했다.

"저 사제 양반은 비실비실해 보이는데 체력이 좋군."

유릭이 사제를 보며 스벤에게 속삭였다. 스벤이 이맛살을 찌푸리며 유릭의 등을 떠밀었다.

"허튼소리 말고 안으로 들어가세나."

신전 안에는 온기가 있었다. 유릭과 스벤이 들어오자 문이 닫혔다.

'어둡군.'

채광을 신경 쓴 태양신전과는 달랐다. 신전 내부는 창문 하나 없어 어두웠고, 낮인데도 밤처럼 횃불로 시야를 밝혔다. 빛이 닿지 않은 곳은 새카만 그림자가 드리웠다. 빛과 그림자가 뚜렷한 신전이었다.

"북부를 떠나 있었던 자들이 돌아왔군."

제단에는 제사장이 서 있었다. 다른 사제처럼 민머리에 새카만 화장을 했으나, 머리에는 사슴뿔을 달아놓은 투구를 쓰고 있었다.

제사장이 시커먼 얼굴을 스벤 가까이 들이밀었다.

"이 사내가 정말로 자네의 아들인가? 고리간의 스벤."

제사장의 입에서는 악취가 풍겼다. 손톱은 깎지도 않는지 몹시도 길었다.

까득.

제사장이 기다란 손톱으로 스벤의 얼굴을 긁었다.

"그렇습니다. 제 아들이며, 그 누구보다 자랑스러운 전사이기도 합니다."

제사장이 투박하게 자란 손톱을 딱딱 부딪치며 고개를 삐딱하게 기울였다. 그는 스벤을 바라보다가 유릭 쪽으로 시선을 옮겼다. 그의 발걸음에는 소리가 없었다. 마치 유령이 배회하듯 천 자락만 끌며 스벤과 유릭 주변을 맴돌았다.

"······닮진 않았군."

제사장이 중얼거렸다. 유릭은 담담하게 제사장을 내려다봤다.

'한주먹거리도 안 되는 놈이.'

하지만 사제들은 전사와 다르다. 그들의 강함은 다른 곳에 있다. 유릭도 그걸 이해하고 있기에 가만히 제사장이 하는 짓을 지켜봤다.

"아무래도 좋아. 그럼 울가로에게 피를 바치게."

제사장이 가래 끓는 목소리로 웃었다. 그가 제단 위에 놓인 수반을 가리켰다. 한 번도 닦지 않았는지 피가 얼룩지고 들러붙어 있었다. 얼마나 많은 북부인이 자신의 피를 여기에 바쳤던 걸까?

스벤이 고개를 끄덕이며 먼저 시범을 보였다. 단도를 꺼내서 자신의 손바닥을 베었다.

주륵.

손에 힘을 주며 피를 짜냈다. 핏물이 수반에 뚝뚝 떨어졌다. 스벤은 눈을 감으며 황홀경에 몸을 떨었다.

그림자에 숨어 있던 사제들이 입술을 다물고 성대만 떨어 소리를 냈다. 떨리는 목소리가 사방에서 부딪치면서 사람의 정신을 흐트러뜨렸다.

"울가로여······."

스벤이 낮게 중얼거리며 무릎을 꿇었다. 그가 자신의 손아귀에 흐르는 피를 얼굴에 문질렀다. 그는 피가 뒤섞인 눈물을 흘렸다. 벌어진 손가락 사이에서 눈동자가 빛났다.

"스벤의 아들, 유릭."

제사장이 유릭의 이름을 불렀다. 그가 유릭을 수반으로 이끌었다.

"자네의 피를 울가로에게 바치게."

제사장이 유릭의 귓가에 속삭였다.

유릭이 한 걸음 내디뎠다. 사제들이 흥얼거리는 소리가 귓가에 윙윙 울렸다. 북풍이 신전의 벽을 쿵쿵 때렸다.

'울가로……'

수많은 전사를 홀린 신이다. 잔혹하고 오만한 신, 자신의 후예를 척박한 동토로 몰아놓고 투쟁을 강요하는 자.

"피를."

제사장이 다시 한번 말했다.

기이잉.

유릭의 귓가에 이명이 울렸다. 유릭은 눈동자를 들었다. 신전은 캄캄하고 어둡다. 빛이라곤 햇불밖에 없었다.

'빛.'

하나 비틀린 벽의 틈새로 태양 빛이 새어 나왔다. 틈새를 비집고 나온 빛이 유릭의 발치에 닿았다. 작은 햇살의 조각이 따스하다. 먼지들이 빛 위를 둥둥 떠다니며 춤을 췄다.

'태양신.'

유릭의 동공이 햇살을 한참이나 응시했다.

"유릭."

뒤에서 스벤이 말했다. 제사장은 유릭의 옆에 서며 햇살을 가로막았다.

'알고 있어.'

유릭이 자신의 손아귀를 베었다. 핏물을 수반에 바쳤다.

뚝, 뚝.

핏물이 떨어진다. 생명을 바친다. 고양감이 치밀어 눈앞이 캄캄해졌다가 밝아지길 반복했다. 사제들의 목소리가 머릿속을 헤집었다.

우웅.

귓가에서 웅웅거리는 소리가 들렸다. 유릭이 게슴츠레 눈을 뜨곤 신전의 구석을 쳐다봤다. 횃불이 일렁일 때마다 울가로의 모습이 보이는 듯했다. 날개투구를 쓰고 도끼를 든 전사다. 그가 유릭을 보고 있었다.

'환상.'

유릭은 자신의 의식이 흘러가는 걸 방조하지 않았다. 혓바닥을 깨물며 정신을 차렸다.

"훌륭하군."

제사장이 만족스럽게 웃었다. 그는 수반에 고인 피를 바라봤다. 눈동자는 피를 향한 열광으로 빛났다.

비틀.

유릭이 제단에서 내려오다가 발을 헛디뎠다.

쿵.

바닥에 넘어졌다. 유릭은 어이가 없다는 듯이 신전의 천장을 보며 웃음을 터트렸다.

"하핫."

유릭이 얼굴을 감싸며 일어섰다. 손바닥에서 새어 나온 핏물이 그의 얼굴 반편에 묻었다. 끈적한 피가 따스했다.

"자네는 울가로께 피를 바쳤네."

제사장이 유릭에게 말했다. 그는 때가 낀 손으로 유릭의 팔을 잡았다.

"오늘을 기억하게. 울가로께서도 자네를 기억할 테니까. 큭큭."

제사장이 입을 가리며 웃었다. 그는 볼일이 끝났다는 듯이 등을 돌렸다.

"잠시, 제 아들에게 울가로의 업적을 보여주고 싶군요."

스벤이 제사장에게 말했다. 제사장이 헤엄치듯 허공에 손가락을 흔들었다.

"호오, 용의 굴을 알고 있단 말인가."

스벤이 고개를 끄덕였다. 그는 유릭과의 약속을 지킬 생각이었다.

"무슨 자격으로 용의 유해를 보겠다는 거지?"

"오만하군."

사제들이 숙덕거렸다. 제사장이 손을 들어 사제들을 진정시켰다.

용의 굴은 뮬린에서도 신성한 장소다. 아무나 들어올 수 있는 곳이 아니었다. 울가로가 기뻐할 만큼 이름을 알린 전사라든가, 사제들도 납득할 만한 업적을 세운 자만이 볼 수 있다.

"곧 최후의 날이 오겠지. 울가로께서 돌아오실 날도 멀지 않았네. 전사들을 이끌고 이교도에게 천벌을 내리실 거야……."

제사장이 중얼거렸다. 뮬린의 사제들은 최후의 날을 기다리고 있었다. 그들은 제국군이 오고 있다는 걸 이미 알고 있다. 이게 그들의 마지막 전쟁일 터다.

"자네의 생명은 얼마 남지 않았군."

제사장이 스벤의 뺨을 붙잡으며 말했다. 그가 동공을 크게 뜨곤 스벤을 관찰했다.

"벌써 눈을 감으면 울가로의 부름이 느껴집니다."

"자네는 용의 유해를 볼 자격이 있어. 하지만 자네 아들은 아니야."

"제 아들은 훌륭한 전사입니다. 뮬린에 있는 그 누구보다 뛰어나죠."

스벤이 확신을 담아 말했다. 그가 본 전사 중에 유릭만큼 대단한 전사는 없었다.

"호오오오, 그 말에 책임질 수 있는가? 고리간의 스벤."

제사장이 숨을 집어삼키며 웃었다.

"울가로 앞에서 거짓을 말하진 않습니다."

"자네 아들이 용의 유해를 볼 자격이 있는지 시험해도 된다는 건가?"

"전사의 시험이라면 뭐든."

스벤이 눈동자를 굴리며 유릭을 바라봤다. 유릭은 고개를 끄덕였다.

용의 유해를 보려고 오랜 여행을 했었다. 유릭도 인제 와서 물러날 생각은 없었다.

"울가로에게 바칠 피가 늘어나겠군."

제사장이 그리 말하며 사제 하나를 손짓해 불렀다.

"거인 요르칸을 불러라."

사제들이 웅성거렸다. 스벤의 눈썹이 꿈틀거렸다.

'거인?'

스벤도 들어본 적이 없었다. 거인은 요정처럼 신화나 전설에나 나오는 존재다.

Chapter 3

사제들이 신전 꼭대기에 올라가서 뿔나팔을 높게 불었다.

듬성듬성 모여 있던 북부인들이 개미 떼처럼 신전 앞으로 모여들었다. 그들은 지저분한 몰골로 사제가 나오길 기다렸다.

날이 어두워진다. 횃불이 일정 간격으로 어둠을 밝혔다. 신전에서 나온 제사장이 횃불을 따라 걸어 나왔다.

"오늘 울가로에게 바칠 제물은 인간이니라. 울가로께서 피의 제물을 받아 우리를 승리로 이끌 것이다."

유릭은 사제 뒤에서 북부인들을 바라봤다.

'날 제물로 쓸 셈인가.'

인신공양은 흔한 일이다. 오히려 인신공양을 하지 않는 태양교가 특이한 편이었다. 사람의 생명은 그 무엇보다 귀하다.

가장 귀한 생명을 신에게 바치는 것, 그것만큼 진실한 제물은 없다.

"거인 요르칸!"

"거인의 핏줄!"

북부인들이 외쳤다. 사제가 거구의 전사를 불러왔다.

"맙소사."

담담한 표정이던 스벤이 눈을 크게 떴다. 북부인은 대개 덩치가 크지만, 그중에서도 유달리 눈에 띄는 사내가 있었다. 그건 단순히 크다는 말로 설명하기 힘들었다.

'비정상적이군.'

흉물스러운 얼굴이 횃불 옆으로 드러났다. 어깨가 살짝 구부정했지만, 그럼에도 보통 사람의 두 배만큼 키가 큰 거인이었다.

"거⋯ 인."

스벤이 고개를 올렸다.

"이야, 정말로 거인이잖아."

유릭이 눈을 빛내며 거인 요르칸을 바라봤다.

"유릭, 뭔가 잘못됐네. 이건⋯⋯."

스벤이 드물게 말을 더듬었다. 유릭은 정말로 강한 전사다. 인간 중에서는 당해낼 자가 드물다. 하지만 이번 상대는 인간이 아니었다. 말 그대로 거인이 상대다.

"울, 울… 가가로여…!"

거인 요르칸이 말을 더듬으며 외쳤다. 목소리는 굵고 어눌했다. 코는 옆으로 컸으며, 턱은 길게 늘어져 있었다. 팔다리는 비율로 따져도 기이하게 길었고, 손발은 무척이나 커서 사람의 머리를 한 손으로 움켜잡을 정도였다.

"정말로 오래전에 멸망한 거인의 핏줄인가?"

이야기로만 듣던 거인이 눈앞에 있었다. 거인 요르칸의 이목구비는 꽤나 어려 보였다. 거인 요르칸의 명성은 5년 전쯤부터 널리 퍼졌기에 스벤이 모르는 게 당연했다.

"더럽게 못생겼네. 그렇지 않아?"

유릭이 요르칸을 보며 스벤의 어깨를 툭 쳤다.

쿵!

요르칸이 옆에 있던 작은 나무를 뽑아서 내던졌다. 무지막지한 괴력이었다.

'함정에 빠졌어. 사제들이 유릭을 제물로 바칠 셈이다. 시험 따위가 아니야.'

스벤은 유릭을 구해야 한다고 생각했다. 손아귀에 힘이 들어가면서 당장에라도 도끼를 뽑을 기세였다.

"유릭, 여긴 내가 맡겠네. 제물은 내가 되겠어."

"무슨 개소리야, 이렇게 재미있는 걸 혼자 차지하겠다고?"

유릭이 스벤을 밀치며 웃었다. 그는 거인 요르칸을 보고도 전혀 겁먹지 않았다. 오히려 활기가 솟아났다.

'세상은 넓어. 여기까지 오길 잘했어.'

유릭은 기뻤다. 사람들의 입으로만 전해지던 옛이야기를 눈으로 확인했다. 거인의 존재가 눈앞에 있었다. 괴력을 가진 거인이 유릭을 내려다보고 있다.

"울가로, 울가로를 위해, 나는 너를 죽인다."

요르칸이 말했다. 거인 요르칸은 원래 인간의 아이였다.

요르칸은 남들보다 키가 컸다. 열 살도 되기 전에 이미 어른보다 더 컸으며, 성인으로 인정받을 무렵에는 이미 거인이라는 별명이 붙었었다. 덩치만큼이나 힘도 무척 세서 그를 당해낼 전사가 없었다.

요르칸이 순례를 위해 뮬린에 왔을 때, 사제들은 요르칸이 울가로의 축복을 받은 거인이라 선포했고 뮬린의 수호자로 임명했다.

'유릭처럼 신의 축복을 받은 존재로군.'

스벤이 주변 북부인을 잡고 요르칸에 관해 물어봤다. 요르칸은 울가로의 축복을 받은 존재였다. 그게 아니라면 인간의 아이가 거인이 될 리가 없다.

스벤은 유릭을 말리지 못했다. 이미 유릭은 불이 붙어서 자신의 무장을 점검하고 있었다.

'신의 축복을 받은 두 전사가 여기에 있어. 누구의 축복이

더 강할 것인가……'

어떤 신의 축복인지는 모르지만, 유릭도 신의 은총을 등에 업은 전사다. 스벤은 유릭이 신의 축복을 받은 전사라고 믿었다. 그가 봐온 유릭은 보통 인간이 해내지 못할 일들을 거뜬히 해냈다.

"검의 언덕이 전사의 영혼을 갈구한다."

"울가로께서 굶주렸다. 새로운 전사를 원하신다."

사제들이 중얼거리며 주변을 빙빙 돌았다.

"약탈은 생명의 증거."

"삶이란 다른 생명을 빼앗아가는 것."

"투쟁하라, 전사들이여."

굶주린 북부인들은 허기진 배조차 잊은 채로 함성을 질렀다. 울가로의 이름을 울부짖으며 손을 위로 치켜들었다. 광란에 빠진 이들은 자해를 하며 피를 땅에 뿌리기도 했다. 사내들은 말라비틀어진 여인들을 안으며 생명의 씨를 토했다.

화르륵!

사제들이 버섯을 말려 빻아 만든 가루를 횃불과 모닥불에 뿌렸다. 환각효과가 뒤섞인 기이한 향이 피어올랐다. 알큰한 향에 취한 자들이 이성을 더욱 잃어갔다.

"아들이 걱정되는가? 고리간의 스벤."

제사장이 손가락을 흐물흐물 흔들며 말했다.

"울가로의 축복을 받은 전사와 싸움을 붙일 줄이야……."

"우릴 원망 말게. 모든 건 울가로의 뜻이니까. 산제물이 필요한 날에 자네가 찾아왔지. 자네는 자신의 의지로 찾아왔다고 생각하겠지만, 모든 건 신의 안배네."

스벤이 손바닥으로 자신의 얼굴을 쓸어내렸다. 당장에라도 제사장의 머리를 베어버리고 싶었다. 전사의 분노가 밑바닥에서 끓어올랐다.

"가끔 사제들도 울가로의 뜻을 잘못 해석하기도 하지요."

스벤이 마음을 식히며 말했다.

"헛소리를 하는군. 전사가 울가로를 받드는 사제를 의심하는 건가?"

"오늘 울가로께서 안배하신 제물은 제 아들이 아니라 저 거인입니다."

"전사가 사제보다 울가로의 뜻을 잘 읽었다는 건가? 고리간의 스벤?"

제사장이 불쾌해했다. 울가로의 뜻을 읽는 건 사제의 일이다.

"옛 전설에 나오는 거인과 요정, 용들은…… 결국 인간 용사에게 패하는 법이죠. 울가로가 신이 되기 전에 인간이었던 것처럼요."

스벤이 웃었다. 그는 불안감을 떨쳐내며 유릭의 등을 바라봤다. 유릭의 등은 흔들림이 없었고, 평소와 똑같이 차분한 태도로 칼을 뽑고 있었다.

"거인 요르칸, 널 만나서 정말로 기쁘다. 농담이 아니야."

유릭이 칼과 도끼를 양손에 하나씩 쥐었다. 그가 다리를 벌리며 눈을 위로 부라렸다.

"우으, 으으어아아!"

요르칸이 비명과도 같은 포효를 내질렀다. 그는 양손도끼를 한손도끼처럼 하나씩 들었다.

으적, 으적.

요르칸이 전투에 앞서 버섯을 통째로 씹어 먹었다. 진통효과가 있는 버섯이었다. 그는 무릎이 몹시 아파서 제대로 뛰지 못하는 몸이었다. 통증을 잊게 해주는 버섯을 먹어야만 싸울 수 있었다.

요르칸은 거품을 물며 양손도끼를 붕붕 휘둘렀다. 그 위압감은 장난이 아니었다.

"후우우우."

유릭은 심호흡하며 숨을 내뱉었다. 입김이 흘러나왔다. 밤이 깊어지면서 어둠이 유릭을 에워쌌다.

뿌우우우.

사제가 뿔나팔을 불었다. 요르칸이 그 소리에 반응하듯 유릭에게 달려들었다.

거인 요르칸의 일격은 묵직하다. 큰 키에서 뻗어 나오는 원심력은 무지막지했다. 허우대만 커다란 것이 아니라 근력 또한 남달리 강했다.

쿠웅!

유릭이 몸을 비틀며 요르칸의 도끼를 피했다. 그의 눈동자는 냉철하게 요르칸의 움직임을 좇았다.

'커다란 움직임에 당황할 필요는 없어. 덩치와 기세에 주눅들면 판단력이 흐려질 뿐.'

곰 같은 커다란 맹수와 싸우는 기분이었다. 전사는 대개 분노에 몸을 맡기지만, 때론 고요한 호수와도 같은 평정을 지킬 줄도 알아야 한다.

'거인이고 자시고 찔리면 죽겠지!'

유릭이 눈을 빛내며 칼을 든 팔을 뻗었다. 매서운 찌르기가 요르칸의 복부를 노렸다.

"오, 오오오오!"

요르칸이 포효하며 도끼를 사정없이 휘둘렀다. 유릭이 찌르다 말고 뒷걸음질 치며 거리를 벌렸다.

'덩치에 비해 빨라.'

사제들이 덩치만 믿고 허투루 내보낸 건 아니었다. 누가 뭐래도 요르칸은 전사였다. 어린 시절부터 전투술을 단련해 온 자다. 타고난 육체를 받쳐줄 전투기술이 풍부했다.

"생, 생명을 바, 바쳐라."

요르칸의 말이 더 어눌해졌다. 버섯을 먹으니 통증이 사라졌지만, 이성이 둔해졌다.

"내 생명은 내 것이지! 누구 마음대로 바쳐? 등신아!"

유릭이 도끼를 손아귀에서 한 바퀴 돌리더니 냅다 던졌다.

캉!

요르칸은 눈동자를 희번덕이며 날아오는 도끼를 쳐냈다. 그가 먹은 버섯은 고통만 둔하게 만드는 게 아니었다. 집중력이 올라가 평소라면 보지 못할 것도 봤다.

"요- 르칸!"

북부인들이 거인의 이름을 외쳤다. 그들은 거인의 승리를 믿어 의심치 않았다. 사제들은 거인 요르칸이 울가로의 축복을 받았다고 공언했다. 그런 요르칸이 일개 전사에게 질 리가 없었다.

"흠."

유릭이 다른 도끼를 허리춤에서 꺼내며 침음을 흘렸다.

"아냐, 집어치워."

유릭은 꺼냈던 도끼를 땅바닥에 내던졌다. 보고 있던 북부인들이 눈을 크게 떴다.

'무기는 하나면 충분해.'

유릭이 천천히 칼을 양손으로 잡고 높게 들었다. 그의 자세가 바위처럼 단단했다. 요르칸에 비하면 작은 체구인데도 묵직한 기세가 흘러나왔다. 공세를 퍼붓던 요르칸도 섣불리 공격하지 못했다.

'힘이라면 지지 않아.'

유릭이 손가락을 까딱여서 모피망토를 벗었다. 횃불에 일렁이는 그의 육체가 드러났다. 흉터가 빼곡하게 새겨진 육체는 훌륭한 전사의 몸이었다. 흉터는 생사를 넘어온 흔적이었다.

"크나큰 흉터가 많군."

"저자 역시 신의 은총을 받고 있는 자다."

북부전사들이 유릭의 흉터를 보고 말했다. 저런 상처를 여러 번 입고 살아남으려면 전사의 기량만으로는 안 된다. 상처가 곪아서 덧나면 제아무리 뛰어난 전사라도 죽고 만다. 신의 가호를 받는 전사만이 큰 상처를 입고도 살아남는다.

카- 앙!

유릭의 칼과 요르칸의 도끼가 부딪쳤다. 유릭은 피하지 않고 받아치며 공격을 흘려 넘겼다.

"오오!"

보고 있던 북부인이 환호성을 터트렸다.

키이잉!

유릭이 오히려 밀어붙이는 형세였다. 양손으로 휘두르는 제국강철검이 요르칸의 도끼를 압도했다.

제국강철검은 명성에 걸맞은 무기다. 연성과 강성이 고르기에 묵직한 일격을 흡수하고도 흔들림이 없었다. 보통 칼이라면 이가 나갈 충격을 받아내고도 여전히 곧은 몸을 유지했다.

'다른 칼이었다면 이렇게 받아칠 생각도 못 했겠지.'

유릭은 제국강철검을 오랫동안 썼다. 마치 자신의 몸처럼 느껴졌다.

캉!

요르칸의 도끼를 위로 쳐낸 유릭은 손목을 삐끗했지만, 고통을 참았다. 그대로 허리를 돌려서 가속을 붙였다.

촤악!

먼저 살을 벤 쪽은 유릭이었다. 요르칸이 자신의 허벅다리를 감싸며 뒤로 물러났다.

'얕다. 조금만 더 깊었으면 혈관까지 베었을 텐데.'

유릭이 입맛을 다시며 욱신거리는 손목을 절레절레 털었다. 커다란 키와 기다란 팔 때문에 실리는 힘이 상당히 묵직했다. 유릭조차 받아칠 때마다 팔이 꺾이는 듯했다.

"끄으으."

요르칸이 거품을 내뱉으며 유릭을 노려봤다. 그가 버섯 하나를 더 씹어 먹었다. 눈동자가 뒤집힐 것처럼 떨렸다.

"그런 거에 의존하면 쓰나."

유릭이 땀을 흘리며 말했다. 그가 칼을 빙글빙글 돌렸다.

"워, 워우우우어."

요르칸이 이젠 짐승 같은 소리를 냈다. 팔을 길게 늘어뜨리며 유릭에게 달려들었다.

'거인.'

유릭이 달려오는 요르칸을 바라봤다.

'널 만난 건 이번 여정의 큰 수확이다.'

정말로 거인이었다. 단순히 키만 큰 인간이 아니었다. 생김새도 특이했고 팔다리의 비율도 비정상적이었다. 큼직한 손발은 짐승 같았다.

유릭은 생사의 갈림길 속에서도 웃을 수 있었다. 그 누가 거인과 만나봤으며, 싸워봤겠는가! 유릭은 자신의 경험이 자랑스러웠다.

쿵!

요르칸의 도끼들이 더 빠르게 움직였다. 관절이 뻐걱거리고 근육이 찢어지는 소리가 나는데도 요르칸은 멈추지 않았다. 버섯의 광기가 그를 지배했다.

유릭의 눈동자가 도끼들을 좇았다. 그가 바닥을 데굴데굴 구르며 요르칸의 가랑이 사이로 들어갔다.

요르칸은 키가 컸기에 상반신의 급소를 노리기 힘들었다. 유릭이 노리기 편한 급소는 하나뿐이었다.

푸- 욱!

유릭의 칼날이 요르칸의 사타구니를 밑에서부터 뚫고 올라갔다.

"키, 키이이이이!"

요르칸이 괴이한 비명을 지르며 도끼를 마구잡이로 휘둘렀다.

유릭은 고개를 비틀며 도끼를 피했다. 그가 사타구니에 박아 넣은 칼을 빼내면서 요르칸의 발목을 베었다. 근육이 끊어진 요르칸이 무릎을 꿇었다.

좌아아악.

요르칸의 아랫도리에서 상처가 벌어지며 핏물이 후두둑 떨어졌다. 보고 있던 북부인들이 인상을 찌푸렸다. 남자라면 요르칸의 고통에 공감할 것이었다.

"크르르."

요르칸이 앉은 채로 도끼를 휘둘렀다. 무릎으로 기며 유릭을 쫓아왔다.

"이제 그 머리통이 내 손에 닿겠군."

유릭이 땅바닥에 떨어진 자신의 도끼를 주웠다. 그가 요르칸의 머리 위로 뛰어오르며 공중에서 빙글 돌았다.

착.

뛰어올랐던 유릭이 요르칸 뒤로 착지했다. 요르칸의 머리에는 유릭의 도끼가 박혀 있었다. 지저분하게 쪼개진 머리에서는 뇌수가 흘러나왔다.

찌익.

유릭이 요르칸의 머리에 박혀 있던 도끼를 빼냈다. 그가 요르칸의 뒤통수를 발로 밀어내며 죽은 걸 확인했다.

'내가 이겼다.'

손아귀에 힘이 절로 들어갔다. 불끈 쥔 손을 위로 들어 올렸다.

"울가로여!"

북부인들은 외쳤다. 그들은 거인의 패배에도 당황하지 않았다. 생사와 승패는 울가로의 손에 달린 것. 이것 역시 울가로의 뜻이라 믿으며 환호했다.

유릭은 북부인들을 바라봤다. 그들 사이에 있는 모닥불에서 매캐한 연기가 흘러나왔다.

'날개투구……'

유릭은 북부인들 틈바구니에서 날개투구를 쓴 전사를 발견했다. 눈을 감았다가 뜨니 날개투구의 전사는 사라지고 없었다. 어디까지가 현실이고 환상인지 구분이 되지 않았다. 신의 존재란 언제나 모호하며, 인간의 지혜로는 이해하기 힘들었다.

"울가로께서 받은 제물은…… 정말로 자네 아들이 아니라 요르칸이었군."

제사장이 중얼거렸다. 흐느적거리던 그의 손가락이 멈춰 있었다.

"제가 말했지 않습니까."

스벤이 어깨를 으쓱이며 껄껄 웃었다. 그는 거인을 쓰러뜨린 유릭을 응시했다. 그의 주변에는 신의 은총이 머무는 듯했다.

"지금 전사 요르칸이 울가로의 부름을 받았도다."

제사장이 앞으로 나오며 말했다. 사제들이 여럿이서 요르칸의 몸뚱이를 들어서 제단 위에 올렸다.

척.

제사장이 제례용 단도를 높게 들었다. 사람의 뼈를 깎아서 만든 골검이었다.

찌이익.

제사장이 요르칸의 배를 찢었다. 사제들이 그 안으로 손을 집어넣어서 기다란 창자와 내장을 여럿 꺼냈다.

촤악!

사제들이 요르칸의 오장육부를 꺼내서 바닥에 던졌다. 창자와 내장이 바닥에 널리면서 기이한 형태를 그렸다. 인간의 내장으로 보는 점이었다.

모든 북부인이 점괘의 결과를 기다렸다.

제사장이 천천히 제단에서 내려오더니 널린 내장을 바라봤다. 그가 손톱으로 요르칸의 간을 깊게 찍어 누르더니, 손톱 끝에 배어 나온 핏물을 혀에 대서 맛봤다.

"······울가로께서."

제사장이 운을 떼며 일어섰다.

"이번 전투에 영광이 있으리라 말씀하셨다. 그날이 오면 울가로께서 전사들과 함께 이 땅에 내려와 우리 곁에서 싸우리라! 축복받은 거인 요르칸을 데려가신 건, 그 날이 가까워졌기 때문이니라."

북부인들이 점괘를 듣고는 환호성을 질렀다. 그들은 무기를 들고 포효했다. 어떤 이들은 흥분을 감추지 못하고 무기를 휘둘렀다. 그 자리에서 결투를 벌이다가 죽는 이들도 여럿 있었다. 그들은 피를 흘리고 내장을 꺼내는 걸 두려워하지 않았다. 사내들은 곧 부활의 날이 오리라고 믿어 의심치 않았다.

'광기인가, 용맹인가.'

유릭이 모닥불을 바라봤다. 몇 없는 여인들이 유릭에게 들러붙었다. 제대로 먹지 못해 비쩍 곯은 여인들이었다.

"거인 요르칸은 키만큼이나 그곳도 커서 당해낼 여인이 없었지요."

"당신도 과연 그럴까요?"

여인들이 속삭였다. 유릭이 피식 웃었다. 여인을 마지막으로 안은 것도 한참 전이었다. 전투의 흥분 때문에 성욕이 더욱 커졌다.

"유릭, 여인을 안기 전에 가봐야 할 곳이 있지 않나. 싸움 자체가 목적은 아니었을 텐데?"

스벤이 유릭을 보며 턱짓했다. 정신을 차린 유릭이 여인들을 밀치며 일어섰다. 그가 스벤과 제사장을 따라 신전으로 들어갔다.

"울가로의 총애를 얻고 있었군, 스벤의 아들. 그 흉터들만 봐도 신이 자네를 아끼는 걸 알 수가 있지."

제사장이 말했다. 그는 아끼는 거인을 잃었는데도 담담했다. 모든 건 울가로의 뜻이었다. 원망 따윈 없었다.

유릭은 총애를 부정하지 않았다. 그는 보통 전사라면 죽었을 법한 상처를 수없이 입었다.

"자네는 자격을 증명했네. 울가로도 기뻐하시겠지."

신전 밑바닥에는 지하동굴로 내려가는 계단이 있었다. 제사장이 횃불 하나를 들곤 밑으로 내려갔다.

"오랜만이로군. 옛 기억이 떠올라."

스벤이 동굴에 들어서며 말했다. 그의 동공이 희미했다. 노인은 현실과 미래보다 과거를 더 많이 본다. 젊은이는 자신을 쌓아 올리지만, 노인은 쌓아 올린 자신을 되돌아본다. 변화하기엔 너무나 많은 길을 걸어왔다. 노인이 지금까지의 자신을 부정해 버리면 아무것도 남지 않는다. 그들에겐 미래가 없었다.

"울가로는 마지막 용과 싸우다 큰 상처를 입었네. 죽음을 앞둔 울가로는 자신의 육체를 땅에 파묻고, 영혼은 검의 언덕으로 보냈어. 자신의 후손들에겐 언젠가 다시 돌아오리라 예언했지."

스벤이 유릭에게 말했다. 북부인이라면 누구나 아는 이야기다.

"울가로의 무덤은 뮬린 어딘가에 있겠지. 하지만 아무도 찾지 못할 거야. 울가로의 무덤은 요정들이 숨겨주고 있으니까."

제사장이 걸음을 멈췄다. 그는 뭐라 읊조리며 기도했다. 그러곤 자신의 손목을 베어서 피를 짜냈다. 그 피를 유릭과 스벤의 얼굴에 묻혔다.

"용의 저주를 피하는 주술이네."

유릭이 떨떠름하게 서 있자 스벤이 설명했다.

"울가로께서는 용을 죽여서 이 땅을 후손들에게 선물했지. 그 누구도 의심하지 못할 증거가 여기에 있어."

스벤의 눈동자가 지금만큼은 소년처럼 반짝였다. 그가 눈을 크게 뜨고 제사장이 문을 열길 기다렸다.

끼이익.

동굴 안에 설치된 철문이 열렸다.

습하고 시린 냉기가 발밑에서부터 스며들어 왔다. 발이 찬물에 잠긴 듯한 느낌이었다.

"울가로께서 죽인 '마지막 용'이네."

제사장이 한 발자국 내디디며 말했다. 그가 팔을 벌리며 눈을 감았다.

'얼어붙은 동굴호수.'

단단히 얼어버린 호수가 동굴 안쪽에 있었다. 유릭이 횃불을 들곤 아래를 내려다봤다. 그곳에서는 거대한 뼈가 하나의 형체를 이루고 있었다.

"용……."

유릭은 용에 대해 아는 게 거의 없었다. 이야기로 건너 들은 게 전부였다. 그런데도 얼음호수 밑바닥에 있는 뼈가 용이라는 걸 대번에 알았다. 오래전부터 새겨진 본능인 것처럼 몸이 떨려왔다. 맹수 앞에 선 동물이 떠는 건 학습이 아니라 본능이다.

뼈만 봐도 용의 모습이 머릿속에서 생생하게 떠올랐다. 앞발은 생각보다 작았고, 꼬리는 몸통만큼 길었다.

비대한 머리통과 흉포한 이빨만 봐도 어떤 존재였는지 빤히 보였다. 분명 사람을 잡아먹는 흉포한 존재였으리라. 용은 압도적인 존재였다. 사람 따윈 수어 명을 한입에 집어삼키고도 남았을 것이다.

유릭은 용의 유해에서 눈을 떼지 못했다. 하늘산맥에 올랐을 때만큼이나 마음속에서 경이가 샘솟았다.

"…정말로 용이 있었군."

한참을 지나서야 유릭이 입을 뗐다. 그는 목구멍에서 차오르는 경탄을 참지 못했다.

'용과 거인.'

유릭은 머릿속에서 불꽃이 터지는 듯했다. 그 어떤 환각제와 약물로도 느끼지 못할 환희였다. 그는 미지의 존재를 발견하고 확인했다. 이건 전사의 목숨을 걸 가치가 있는 탐구였다.

'정말로 이런 용을 인간이 죽였다면 그건 신이라고밖에 말할 수 없겠지.'

유릭은 마지막까지 얼음 위를 서성였다. 그는 제사장의 재촉을 몇 번이나 받은 뒤에야 겨우 발을 뗐다.

"스벤, 북부는 멋진 곳이야."

유릭이 속삭였다.

Chapter 4

　스벤은 낡은 목조가옥 안에 누워 잠을 자고 있었다. 그의
얼굴은 편안했다.

　움찔.

　얕은 잠이었다. 스벤은 꿈과 현실의 경계에 있었다. 간혹 그
의 주름이 꿈틀거렸다.

　'피와 쇠.'

　북부인 대부분이 그렇듯 스벤도 평생을 전사로 살아왔다.
부족한 게 있으면 남에게서 빼앗았으며, 살기 위해서 남을 죽
였다.

　죄의식을 가질 필요는 없었다. 누구나 그렇게 사는 게 북부
였으니까. 타인을 죽이고 재물을 빼앗아 오면 마을사람들은

진정한 전사라 그를 치켜세웠다.

하지만 정말로 그 누구도 죄의식을 가지지 않았던 걸까?

약탈과 살육을 반복하는 삶이 잘못된 거라 말하는 사람이 없었을까?

공존과 평화를 바라는 자가 단 한 명도 없었을까?

아이를 껴안으며 울부짖는 여인을 보며, 자신의 어미와 처를 떠올리던 전사가 없었을까?

북부인 모두가 피도 눈물도 없는 극악무도한 살인마였을까?

노인은 과거를 되돌아본다. 많은 북부인이 태양교로 개종했다. 그들은 자애의 매력에 이끌렸다. 내심 울가로의 가르침에 지쳐 버린 것일 터다. 생전에도 사후에도 투쟁만을 반복하는 전사의 삶, 그런 삶에 지쳐 버린 전사들은 자애의 가르침에 눈을 돌렸다.

'편안하군.'

스벤이 침대에서 몸을 뒤척였다. 이와 벼룩이 기어 다니는 모피 이불을 턱밑까지 끌어당겼다. 따스함이 복부부터 밀려왔다. 어둠보다 더 깊은 잠이 스벤을 기다렸다.

영원히 빠져나오기 싫은 아늑함.

스벤은 눈을 감고 있는데도 빛을 보고 있었다. 태양처럼 따스하고 찬란한 빛이었다. 그곳에 몸을 맡기고 싶었다. 지고의 안락이 그를 기다리고 있다. 투쟁도 살육도 없는 빛의 세계다.

쿵.

스벤의 몸이 들썩였다. 그는 가위에 짓눌린 사람처럼 몸을 떨었다. 꿈에서 빠져나오려고 안간힘을 썼다. 그가 흐릿한 의식 중에서도 머리맡을 더듬어 도끼를 잡았다.

"크아, 커어억!"

스벤이 깊게 숨을 들이마시며 상체를 들어 올렸다. 땀이 비 오듯 쏟아졌다. 그는 자신을 유혹하는 빛에서 도망 나왔다.

"허억, 허억."

스벤이 가슴을 붙잡으며 숨을 헐떡였다. 숨은 안정되지 않고 더 거칠어졌다. 입가에서는 핏물이 흘러내렸다.

"쿨럭."

스벤이 기다시피 하여 침대에서 빠져나왔다. 원래 거인 요르칸이 쓰던 집이라서 침대가 무척이나 컸다.

'그렇게 갈 순 없지.'

달콤한 잠이었다. 그대로 잠든다면 소원이 없을 것 같았다. 하지만 전사의 혼이 용납하지 않았다.

스벤이 벽에 기대며 일어섰다. 그는 도끼 한 자루만 쥔 채로 비틀거리며 걸었다.

"유릭."

스벤이 옆방으로 가서 유릭을 깨웠다.

유릭은 알몸으로 여자와 뒤엉킨 채로 자고 있었다. 스벤의 인기척을 느낀 유릭이 눈을 떴다.

"새벽부터 뭐 하⋯⋯."

유릭은 말을 하다가 말았다. 그는 식은땀을 줄줄 흘리는 스벤을 바라봤다.

"그날이 왔네. 약속을 지키게."

스벤이 그 말을 하곤 밖으로 나갔다. 그가 열고 간 문에서 찬바람이 들어와 유릭의 뺨을 때렸다.

"제기랄."

유릭이 양손으로 머리를 쓸어 넘기며 중얼거렸다. 그의 옆에서 잠을 자던 여인이 고개를 들었다. 그녀가 유릭의 등을 껴안았다.

"무슨 일인데 그래?"

"알 것 없어. 잠이나 자."

유릭이 신경질적으로 여인을 밀쳤다. 그는 모피망토를 걸치곤 무기를 허리에 둘렀다.

"후우."

아직 어스름한 새벽이었다. 밤과 낮의 경계에 선 유릭은 고개를 들었다. 북부의 하늘은 맑았고 별들이 촘촘했다. 유릭은 길게 이어진 우윳빛 은하수를 보며 걸었다.

"콜록."

스벤이 기침을 하며 서 있었다. 우거진 나무 사이의 공터였다. 녹지 않은 눈 위로는 스벤의 발자국이 박혀 있다.

"아직 쌩쌩한 것 같은데? 엄살이 너무 심한 거 아니야?"

유릭이 빈정거리며 말했다.

"조금 전까지 꿈을 꿨네. 햇살처럼 따스했지. 빛의 세계가 나를 끌고 가려고 했어."

스벤이 손가락을 덜덜 떨었다.

"빛의 세계?"

유릭이 고개를 옆으로 기울이며 반문했다.

"아마도 문명세계에 너무 오래 있었던 탓이겠지. 태양신 루가 내 마음에 깃든 걸지도……. 그래, 그런 거겠지. 유릭, 우리가 신을 본다면, 신도 우리를 보고 있다네."

스벤이 중얼거리듯 말했다.

유릭은 스벤의 말을 이해하지 못했다. 그저 무기를 꺼내 날이 상한 곳이 없는지 확인했다. 유릭은 날의 상태가 좋은 도끼를 들었다.

'고통 없이.'

지금 유릭에게 중요한 건 오로지 하나였다. 스벤의 고통을 덜어주는 것.

"내가 갈 곳은 언덕뿐이지. 다른 자격은 없어."

스벤이 도끼를 들어 올렸다. 언제 손을 떨댔냐는 듯이 손아귀의 힘이 억셌다.

척.

유릭도 도끼를 들었다. 날이 예리하게 빛났다.

'스벤의 도끼는 내 목을 베고도 남아.'

유릭은 차분히 전진했다. 그는 방심하지 않았다. 검의 언덕으로 가려는 전사가 순순히 죽어줄 리가 없었다. 설사 죽음을 바랄지라도 최선을 다해 싸운다.

언덕을 향한 열광이 노쇠한 몸에 힘을 불어넣었다. 헐떡이는 가슴의 고통을 잊은 채로 스벤이 먼저 덤벼들었다.

"우오오오!"

스벤이 함성을 내지르며 도끼를 크게 휘둘렀다. 죽음을 두려워하지 않는 거친 일격이다. 자신이 죽더라도 상대를 죽이겠다는 마음가짐이 담겨 있었다.

스벤의 도끼가 유릭의 목덜미를 노린다. 유릭은 고개를 숙이며 도끼를 피했다. 머리카락 몇 올이 잘려 나갔다.

쿵!

유릭은 주먹을 빠르게 뻗어서 스벤의 명치를 가격했다.

"컥."

안 그래도 폐병에 시달리는 스벤이었다. 명치를 얻어맞자 숨이 멈추는 듯했다. 역류한 핏물이 목구멍과 콧구멍에서 쏟아졌다.

"제길, 그러니까 누가 그렇게 달려들래? 그냥 순순히 목을 내밀면 좋잖아! 이 등신아."

유릭이 투덜대며 도끼를 바로 잡았다.

스벤은 피를 꾸역꾸역 쏟아내면서도 유릭을 노려봤다. 스벤은 삶의 방식을 바꾸지 않았다. 그에겐 편안한 삶을 선택할 기회가 여러 번 있었다.

그러나 스벤은 그러지 않았고, 자신이 걸어온 길을 부정하지 않았다. 피로 얼룩진 인생을 없던 것처럼 외면하지 않고 직시했다. 고지식한 그는 빨래 빨 듯 과거의 얼룩을 지워 버리는 자들을 혐오했다.

촤악!

스벤이 기침을 하면서 발로 땅을 찼다. 눈과 흙이 유릭의 머리를 뒤덮었다. 이기기 위한 모든 수단을 썼다. 그가 가진 전투기술을 모두 동원했다.

"유-우릭-!!"

스벤이 들러붙으면서 유릭의 안면에 피를 토해냈다.

"더러워 죽겠네. 개 같은."

유릭이 손으로 얼굴을 닦으며 뒤로 뛰어올랐다. 스벤의 도끼가 유릭의 가슴팍을 스치고 지나갔다.

'빛나는구나, 유릭.'

상대는 젊고 아름다운 전사다. 그 존재 자체가 미래를 상징

하는 듯했다.

앞으로 유릭이 어떤 길을 걸을 것인가?

스벤은 그걸 지켜보고 싶었지만, 그에게 남은 시간은 없었다. 불나방처럼 유릭을 향해 뛰어갔다.

유릭이 뒤로 물러나면서 빙글 돌았다. 원심력을 실어서 도끼를 크게 휘둘렀다.

콰직!

노쇠한 스벤의 완력으로는 유릭의 강격을 막지 못했다. 도끼가 단숨에 스벤의 손을 잘랐다.

퍽!

스벤이 잘린 손목의 단면으로 유릭의 안면을 가격했다. 뼈와 살점이 유릭의 얼굴에 닿았다.

"오오오오오! 울가로어-!!"

스벤은 남은 손으로 도끼를 들어서 유릭을 내리치려 했다. 하나 유릭의 교활한 전투기술이 빛을 발했다. 유릭은 잽싸게 스벤의 손을 붙잡아서 손가락을 짓눌러 으스러뜨렸다.

뿌드득.

공세를 취하던 스벤이 뒤로 벌러덩 넘어졌다. 놓친 도끼를 잡으려고 해도 한쪽 손은 잘렸고, 반대편 손의 손가락은 죄다 부러졌다.

"퉷."

유릭이 자신의 손바닥에 침을 뱉고는 도끼를 높게 들었다. 스벤의 머리를 찍어서 일격에 죽일 생각이었다.

퍽!

스벤은 마지막까지 발버둥 쳤다. 그는 유릭의 발목을 걷어 차며 일어섰다. 휘청거리던 유릭의 도끼가 스벤의 어깨를 찍었 다.

촤악!

핏물이 어느새 공터를 물들였다. 달과 은하수가 모습을 감 췄다. 기나긴 밤이 끝나고 아침이 밝아오고 있었다.

"후우."

유릭이 숨을 내뱉으며 피투성이가 된 스벤을 바라봤다. 스 벤은 출혈이 심해서 그대로 놔둬도 죽을 것 같았다.

"이런 짐을 지게 해서 미안하네, 유릭."

스벤이 일어서려다가 무릎을 꿇었다. 더 이상은 힘이 들어 가지 않았다. 의식이 꺼지는 촛불처럼 흔들렸다. 자꾸만 눈이 감겼다.

"별말씀을."

유릭이 고개를 끄덕였다. 그가 자세를 바로잡았다.

"유릭, 울가로가 보이네. 지금 저 숲에서 나를 기다리고 있어."

스벤은 머리를 살짝 숙이며 뒷덜미를 드러내곤 말했다.

유릭이 황급히 스벤을 말한 방향을 쳐다봤다. 그곳에는 밝아오는 태양을 피해 도망가는 그림자만이 보였다. 유릭은 눈을 깜빡이며 낮게 웃었다.

"그러게, 나도 보여. 훌륭한 전사를 데려가려고 친히 납셨군."

유릭의 말을 들은 스벤이 어깨를 들썩였다.

"큭, 큭. 착한 거짓말쟁이 같으니."

유릭이 얼굴을 붉히며 머리를 긁적였다. 그가 한숨을 쉬며 도끼를 휘둘렀다.

깔끔한 솜씨 덕분에 스벤은 신음조차 내지 못했다. 세상이 한 바퀴 빙글 돌고, 머리가 떨어진 자신의 몸이 보인다. 머리만 남은 스벤이 눈을 두 번 깜빡였다.

유릭은 스벤의 머리를 눈밭 위에 똑바로 세웠다. 그는 도끼를 내려놓으며 그 옆에 쪼그려 앉았다.

"그곳 경치는 좀 어때?"

유릭이 밝아오는 일출을 보며 말했다. 스벤의 동공은 텅 비어 있었다.

유릭은 눈을 한 움큼 쥐고 비벼서 손을 씻었다. 그는 깨끗해진 손으로 스벤의 눈꺼풀을 쓸어내렸다.

올 때는 둘이었으나 갈 때는 하나였다.

유릭은 킬리오스를 쓰다듬으며 설원을 바라봤다. 해가 떴는데도 눈은 녹을 생각을 하지 않았다.

"역시 제국군과 싸우는 건 미친 짓이지."

"사제들은 영광이 있다고 했지, 이긴다고 말하진 않았잖아."

제국군이 코앞까지 다가오자 뮬린을 떠나는 사람들이 있었다. 대부분 어쩔 수 없이 뮬린에 머물던 범죄자나 추방자들이었다. 그들은 유릭의 가방과 말을 쳐다봤지만, 감히 유릭을 공격할 생각은 하지 못했다.

'거인 요르칸을 죽인 놈인 데다가 울가로의 축복마저 받고 있지.'

하지만 뭐라도 얻을 게 있을까 싶어서 유릭을 졸졸 쫓아오는 자들도 있었다.

"오, 제국군이군."

능선에 올라선 유릭이 눈을 찌푸리며 말했다. 저 멀리서 제국군이 보였다. 얼추 수천에 달하는 병력이었다. 제국군은 이번에 작정하고 뮬린을 쓸어버릴 생각인 듯했다.

"제, 제국군이다!"

유릭을 쫓아오던 북부인들이 소리를 지르며 줄행랑을 쳤다. 유릭만이 말을 탄 채로 제국군을 바라봤다.

"어이! 형씨도 도망치라고!"

도망가던 북부인 중 하나가 뒤돌아보며 말했다. 유릭이 고개를 저으며 오히려 제국군 쪽으로 접근했다.

"멈춰라!"

말을 탄 첨병들이 눈을 헤치며 다가왔다. 그들이 유릭을 향해 쇠뇌를 겨누었다.

"내 이름은 유릭이다. 저쪽에 그렇게 말해."

유릭이 태연하게 말하곤 반응을 기다렸다.

유릭의 얼굴을 아는 기사 하나가 진영에서 빠져나왔다. 그는 유릭의 신원을 확인하고 첨병들을 쫓아냈다.

"이자는 총독 각하의 목숨을 구한 사내다! 무례를 범하지 마라!"

기사가 그렇게 선언하자 쇠뇌를 겨눴던 병사들이 뒤로 물러났다.

"유릭 공, 오랜만입니다. 총독 각하께서 그때 경황이 없어서 제대로 대접을 못 했다며 아쉬워하고 계십니다. 이번 전투 이후에 성대한 연회를 열 텐데, 유릭 공께서 그 자리를 빛내주시면 좋을 것 같습니다."

"싸우기 전부터 연회를 준비하다니, 대단한 자신감이군."

유릭이 웃으며 제국군 진영을 바라봤다. 그 자신감은 오만하다기보다는 당연한 거였다.

"유릭 공, 죽어가는 신은 자신의 전사들을 승리로 이끌지 못

합니다. 뮬린은 묘지라는 의미 그대로 울가로와 그 전사들의 못자리가 될 겁니다."

기사가 눈을 빛내며 말했다. 유릭은 별다른 대답을 하지 않았다. 침묵을 거절로 받아들인 기사가 고개를 까딱이고는 말머리를 돌렸다.

둥, 둥, 둥.

북소리가 났다. 제국군이 다시 진군했다. 유릭은 말을 탄 채로 그들이 지나가는 걸 바라봤다. 제국군이 사라진 뒤에야 유릭은 말고삐를 다시 잡았다.

"킬리오스."

유릭이 킬리오스의 갈기를 쓰다듬었다. 킬리오스의 갈기에는 서리가 내려서 뻣뻣했다. 킬리오스가 불만이라는 듯이 고개를 흔들었다.

"그래, 미안해. 나도 추운 건 질색이야."

유릭이 입김을 내뿜으며 목도리를 코까지 끌어올렸다. 주변을 크게 한 바퀴 둘러본 유릭이 남쪽으로 향했다.

Chapter 5

　유릭은 북부에서 모피 교역을 하는 상단과 동행했다. 그들은 북부와 제국 수도 하멜을 오가는 상단이었다.

　"아이고, 죽는 줄 알았어. 겨울을 북부에서 보내다니. 나 원."

　"그래도 겨울에 움직여야 경쟁이 덜하다고. 곧 봄이 되면 너나 할 것 없이 뛰어들걸?"

　모피 교역은 근 몇 년간 많은 부를 낳았다. 상인들은 터무니없이 낮은 가격에 모피를 사들이고, 제국에서는 비싸게 팔아넘겼다. 잘만 하면 열 배의 차익도 남길 수 있는 장사였다. 힘 좀 있다는 상인들은 죄다 모피 교역에 끼어들었다.

　"겨울에는 상단이 많이 움직이지 않으니까 이때를 노려야 모피를 사들이기 편해. 봄부터 움직이면 북부 어딜 가도 모피

구경하기가 힘들어."

유릭은 상인들이 떠드는 걸 들었다. 30여 명의 인원으로 이루어진 상단의 짐마차에는 모피가 가득 쌓여 있었다.

"이봐, 야만인 양반. 댁도 제국 수도까지 가는 건가?"

"어, 수도 하멜까지."

유릭이 킬리오스를 탄 채로 대답했다.

"동행은 자유지만 식비는 제때 내라고."

서서히 날씨가 따뜻해지고 있었다. 북부의 경계선을 지나왔으며, 계절도 봄으로 접어들고 있었다. 단단히 여몄던 옷깃도 점점 느슨해졌다.

'호위는 열 명 정도.'

유릭이 눈을 흘기며 생각했다.

상단은 군사적 능력을 갖춘 상인들이다. 상인들은 이윤의 상당 부분을 무력에 투자했다. 장거리를 오가는 교역은 위험 투성이다. 심지어 모피 교역의 과열경쟁 때문에 동종업계 종사자를 습격하는 일도 있었다.

'저 유릭이라는 야만인은 제법 힘을 쓰는 것 같군.'

상인들이 낯선 야만인인 유릭을 받아들인 이유였다. 유사시에 싸울 수 있는 인원은 많을수록 좋았다.

상단원 중에서 출자자 상인은 세 명이었고, 나머진 견습이나 짐꾼, 호위병들이었다.

"그 소식 들었나? 포를카나 왕국의 왕이 바뀌었다고 하더군. 엊그제 술집에서 들었어."

"내전에서 왕자가 이겼다고 하던가?"

"포를카나의 왕이 누가 되든 우리가 무슨 상관이야, 신경 꺼."

"나도 왕족이나 귀족으로 태어났으면 얼마나 좋았을까."

이제야 포를카나의 소식을 아는 이도 많았다.

상단은 북부와 제국의 모호한 경계선을 지나고 있었다. 눈이 녹아내리고, 파릇한 풀들이 드문드문 보였다. 밤이 되자 상단은 자리를 잡고 야영을 했다. 유릭은 모닥불 옆에서 무기를 점검했다.

"날이 많이 상했네. 쓰읍."

유릭이 가진 무기는 전부 강철무기다. 하지만 강철이라고 날이 나가지 않는 건 아니었다.

"좋은 무기로군. 꽤나 오래 쓴 것 같은데도 철의 빛깔이 살아 있다니."

사슬갑옷을 입은 호위병이 유릭 옆에 다가오며 말했다.

제국공방에서 나온 무구들은 독특한 열처리를 거쳤다. 제국공방제 무기와 일반 무기를 옆에 두고 있으면 대번 차이가 났다.

호위병은 유릭의 무기가 좋은 거라는 건 알았지만, 제국강철로 만든 무구를 한 번도 보지 못했기에 그게 제국강철무기라는 건 알아채지 못했다. 설사 제국강철을 먼발치에서 본 적이 있더라도, 야만인이 강철무기를 들고 있을 거라곤 생각하지 못할 터다.

키이잉.

유릭은 일단 숫돌을 꺼내 무뎌진 날을 갈았다. 이가 빠진 건 대장간에 맡겨야 했다.

'무기를 보면 실력을 가늠할 수 있지.'

호위병은 유릭이 상당히 수준 높은 전사라고 추측했다. 실력이 좋은 일행과 친해져서 나쁠 건 없다.

"내 이름은 노만이요. 호위병 중에 제일 고참이지."

"나는 유릭, 반가워."

유릭이 가볍게 악수를 건넸다. 노만은 유릭 옆에 앉아서 그의 무기를 살폈다. 아무래도 그도 전사다 보니 좋은 무기를 보면 눈이 돌아갔다.

"좀 봐도 되겠소?"

"가져가지만 않으면 돼."

"물론이오."

노만이 웃으면서 유릭의 칼을 살폈다.

'예사롭지 않은 칼이다. 명검이라 불리는 칼이 이런 걸까?'

노만의 눈동자가 반짝였다. 순간 탐욕이 샘솟았다. 하지만 그는 탐욕을 꾹꾹 억눌렀다.

"정말로 좋은 칼이군. 제국강철검을 본 적은 없지만 그에 비견될 만한 칼이 아닌가 싶소."

노만이 유릭에게 다시 칼을 넘겨주며 말했다.

"엉? 그거 제국강철검 맞아."

"무, 뭐요?"

노만이 떨떠름하게 고개를 들었다.

"이것도 제국강철제 도끼야."

유릭은 도끼 두 자루를 허공에 번갈아 던지면서 말했다. 그는 곡예 하듯 던진 도끼를 받았다.

"농담 마시오. 제국강철무기가 그렇게 흔한 건 줄 아나 본데……."

"진짜라니까, 되게 사람을 못 믿네."

유릭이 툴툴거리며 무기를 집어넣었다. 노만은 반신반의하며 유릭을 쳐다봤다.

'진짜로 제국강철무기였나? 정말로?'

돈이 있어도 구하기 쉬운 무기가 아니었다. 제국강철무기는 그 회소성 때문에 귀족들이 수집용으로 사들였다. 이름 있는 기사나 전사들만이 제국강철무기를 쓰곤 했다.

'이런 야만인이 제국강철무기를 들고 있다고?'

노만은 제국강철무기를 실제로 본 적이 없어서 진짜인지 아닌지 알 방법이 없었다.

'진짜 제국강철무기?'

노만은 잠자리에서도 그게 마음에 걸렸다. 그는 제국강철무기 생각에 몸을 뒤척이다 겨우 잠들었다.

이른 새벽의 서리가 야영지를 두드렸다. 사람들은 뻣뻣한 눈꺼풀을 억지로 떴다. 추운 겨울의 야영은 숙을 맛이었다. 비명에 가까운 기지개가 여기저기서 들렸다.

"머릿속까지 어는 것 같아. 제기랄."

"재나 뒤집어서 불을 다시 피워."

잡역부가 꺼진 모닥불을 되살렸다. 상단원들은 출발하기 전에 잡탕국을 끓여서 나눠 먹었다. 뜨뜻한 국물로 속까지 데우자 그럭저럭 정신이 들었다.

"어이, 저거 뭐야?"

잡탕국을 후루룩 마시던 노만이 고개를 들었다. 그는 이맛살을 찌푸리며 지평선에서 다가오는 무리를 바라봤다.

"도적은 아니야. 그런 것치고는 장비가 좋은걸."

시력이 좋은 상단원 하나가 말했다.

"일단 무기를 들어."

상단대표가 손을 뻗으며 말했다. 호위병들이 모피를 덧댄 투구를 쓰곤 무기를 들었다.

"제길, 기사들이야. 귀족 문장이 있잖아."

상인들이 숙덕였다. 그들의 표정이 급격하게 굳었다.

"차라리 도적이 낫지."

서로 얼굴을 식별할 정도로 거리가 가까웠다. 상대편에서 젊은 기사 하나가 앞으로 나오더니 크게 외쳤다.

"하킨의 주인, 프리데릭 하킨 백작님이시다! 고개를 숙이고 예를 갖춰라! 상인!"

그 말을 들은 상인들이 인상을 찌푸렸다. 최악의 상황 중 하나가 지금 펼쳐지고 있었다.

"크흠, 흠."

하킨 백작이 헛기침하며 등을 꼿꼿하게 폈다. 그가 말 위에서 상인들을 내려다봤다. 프리데릭 하킨 백작은 젊은 귀족이었다. 부친이 죽고 나서 영지를 상속받은 지 반년도 지나지 않았다.

상단대표가 하킨 백작의 손에 입을 맞추곤 인사했다. 예를 받은 하킨 백작이 고개를 끄덕이며 입을 열었다.

"여기서부터는 내 영지지, 통행세로 마차의 절반을 놔두고 가게나."

하킨 백작이 다짜고짜 상단의 짐 절반을 요구했다. 상단대표는 얼굴을 숙이곤 인상을 오만상 찌푸렸다.

'미친 귀족 새끼.'

상단대표가 표정을 갈무리하며 고개를 들었다.

"제가 알기론 여긴 야브호른과 타카르타의 중간지대이며, 저는 야브호른과 타카르타에 통행세를 지불했습니다. 백작님의 땅에 속하지 않은 거로 알고 있습니다."

"아니, 자넨 내 영지에 들어온 거네. 지도가 잘못됐나 보군. 난 정당한 권리를 행사하는 거네."

하킨 백작이 단호하게 말했다.

상단대표는 암울한 얼굴로 상단원들을 바라봤다. 손해가 막심하지만, 귀족과 척을 질 순 없었다. 그는 배경이 든든한 상인도 아니었다. 어딜 가서 억울하다고 호소하더라도 그의 말을 들어줄 사람은 없었다.

"아침부터 뭐 하는 거야?"

칼을 뽑은 유릭이 상황을 지켜보곤 말했다. 노만이 그를 제지했다.

"나서지 마시오, 유릭. 귀족과 연루된 일이오. 우리 대표가 해결할 일이지."

괜히 야만인이 귀족의 심기를 거슬렸다가 피를 흘릴지도 모른다. 노만은 그리 판단했다.

"통행세로 금화를 지불하겠습니다. 마차만큼은……."

상단대표가 하킨 백작에게 호소했다.

"내 영지를 통해 북부로 오가는 상인들은 재물의 절반을 내게 바치네. 영지법이 그러한데 예외가 있을 순 없지."

하킨 백작이 안쓰럽다는 듯이 말했다. 하지만 얼굴은 웃고 있었다.

'내가 생각해도 난 머리가 정말 좋다니까.'

상단대표의 말은 전부 옳았다. 지금 이 자리는 하킨 백작령이 아니었다. 하킨 백작은 영지 바깥으로 순찰을 돌며 상인들을 찾아가 통행세를 요구했다. 항의가 들어오더라도 백작령 내부였다고 말하면 그만이다.

하킨 백작은 말을 타고 상단을 한 바퀴 빙글 둘러봤다. 행여나 강탈할 재물이 더 있나 살폈다.

상인들은 운이 없었다. 도적뿐만이 아니라 악덕귀족도 그들이 피해야 할 주적이었다. 상인들은 한숨을 푹푹 내쉬며 하킨 백작의 처분을 기다렸다.

"응?"

하킨 백작이 말고삐를 잡으며 시선을 유릭에게 두었다. 이질적인 야만인이 상단에 섞여 있었다.

'설마, 저건……'

하킨 백작의 눈을 끈 건 유릭이 뽑은 칼이었다. 어제 기름칠을 하고 닦은 칼에서 날카로운 광채가 흘러나왔다.

'제국강철인가?'

하킨 백작은 제국강철무구에 관심이 많은 귀족이었다. 그는 유릭에게 가까이 접근했다.

"자네, 그 칼을 내게 팔게."

하킨 백작이 금화 몇 개를 대충 쥐어서 던졌다.

"안 팔아."

유릭이 금화에 눈길도 주지 않았다. 하킨 백작의 눈썹이 꿈틀거렸다. 상단의 분위기가 서먹하다 못해 서늘해졌다.

'제길, 큰일 났군. 시비가 붙었어.'

상단대표는 물론이고 노만도 안절부절못했다.

"뭐가 문제지? 돈은 지불했네."

하킨 백작이 자신의 기사들을 부르며 말했다. 중무장한 기사는 일곱 명이었다. 비록 다섯 명이지만 그들의 힘은 상단을 괴멸시키고도 남았다.

"돈만 지불하면 뭐든 살 수 있다고 생각해? 그럼 이걸로 그 건방진 혓바닥을 사도록 하지. 혀를 내밀어."

팅.

유릭이 금화 하나를 튕겨서 하킨 백작의 이마를 맞혔다. 하킨 백작이 벌겋게 부어오른 이마를 매만졌다.

"이, 이 개자식이……!!"

하킨 백작이 몹시 분노하며 칼자루를 잡았다.

'도망이나 가야겠군.'

유릭이 한숨을 쉬며 킬리오스가 묶인 나무를 바라봤다. 그는 머릿속으로 상황을 그렸다. 여차하면 귀족을 인질로 잡고 도망가면 된다. 기사들을 눈앞에 두고도 유릭은 여유가 있었다.

"백작님."

갑자기 노기사 하나가 하킨 백작의 손을 잡았다. 하킨 백작이 노기사를 바라봤다. 선대부터 가문을 모시던 충실한 기사였다. 하킨 백작은 노기사를 쉽게 무시하지 못했다. 그는 자신의 검술스승이기도 했다.

"무슨 일입니까, 경. 지금 내가 모욕을 당했습니다."

"저 야만인을 건드리지 마시지요. 그냥 가는 게 좋을 것 같습니다."

노기사가 하킨 백작에게 속삭였다. 그의 눈동자가 유릭을 바라봤다.

"그, 그게 무슨 말입니까. 저 짐을 그냥 놔두고 가자고요?"

"상대가 좋지 않습니다. 저 사내가 만약 이 상단을 책임지고 있다면 피하는 게 좋습니다. 우리가 화를 입을 겁니다."

노기사는 일단 다른 기사에게 자신의 주군을 맡겼다. 하킨 백작이 인상을 썼지만, 일단은 신뢰하는 가신의 말을 따랐다.

"만나서 영광이오, 유릭 공. 오늘 일은 잊어주시길."

노기사가 유릭을 알아보며 말했다. 그가 고개만 가볍게 숙이며 자신의 주군을 끌고 돌아갔다. 그들은 유릭을 보자마자 아무것도 가져가지 않았다.

"제가 납득할 만한 설명을 하지 못하면 아무리 경이라

도……."

하킨 백작이 상단과 멀어지는 상단을 보며 말했다. 노기사가 가슴을 쓸어내렸다.

"저자는 유릭입니다. 하멜 마상창시합 우승으로도 유명하고, 결투 재판에서 맨손으로 판금갑옷을 부숴 버렸다는 소문도 있지요. 일 년 전쯤에 선대 백작님과 하멜에 들렀을 때, 저자와 포클카나의 현 국왕이 친밀하게 장난치는 걸 본 적이 있습니다. 비록 야만인이지만, 주변 입막음을 확실히 못 할 거면 건드려서 좋을 건 없는 상대입니다."

하킨 백작은 완전히 납득하진 못했으나 고개를 끄덕였다. 설명만 들어도 유릭이 껄끄러운 존재라는 건 알았다.

상단은 하킨 백작에게 짐마차를 뺏기지 않았고, 그들은 예정대로 제국 수도 하멜로 향했다. 가는 내내 상단원들은 어리둥절한 표정으로 유릭을 쳐다봤다.

'뭐 하는 양반인 거야.'

상단원들은 하킨 백작이 순순히 물러나는 걸 똑똑히 봤다. 짐마차의 절반은커녕 전부 뺏을 기세였던 하킨 백작이 혀만 차며 사라졌다.

'저 야만인 유릭을 보자마자 도망간 거야.'

당연히 유릭에 대한 대우도 달라졌다. 고깃국에도 고기를 많이 넣어줬으며, 비싼 술도 넉넉하게 따랐다.

"댁을 보자마자 귀족 나리가 꽁지 빠지게 도망가더군! 장관이었어! 장관! 자, 자! 얼마든지 마시라고!"

상단대표가 유릭의 등을 두드리며 크게 웃었다. 그는 상품이었던 벌꿀주를 개봉해서 유릭의 잔을 채웠다. 짐마차 절반의 가치를 생각하면 유릭에게 아무리 퍼줘도 아까울 게 없었다.

"끄으, 좋군. 여자만 있었으면 더 좋았을 텐데."

유릭이 독한 벌꿀주를 단번에 마시며 말했다. 뺨이 얼큰하게 달아올랐다.

"근데 그 귀족 나리가 도망간 이유가 도대체 뭐요?"

모닥불 앞에 앉은 노만이 물었다.

"글쎄, 나도 잘 모르겠는걸. 옆에 있던 기사가 날 알아본 것 같더군."

유릭이 짧게 자란 턱수염을 비볐다.

"아는 사이?"

"아니, 아니. 나는 처음 봤는데 그쪽이 날 알아본 거지."

"혹시 뭐 어디 높으신 분입… 니까?"

노만이 떨떠름하게 말했다. 귀족이 알아보고 도망갈 정도면 보통 신분이 아닐지도 모른다. 겉보기에는 야만인이라도 어디의 괴짜 귀족일지도 모른다.

"높긴 뭘 높아. 다 사람 뱃속에서 태어난 인간이지."

유릭이 낄낄 웃으며 술잔을 내밀었다. 노만은 유릭의 잔을 채웠다.

'평범한 야만전사는 아니야. 무기부터 시작해서 귀족을 쫓아낸 것까지.'

노만은 눈을 옅게 뜨며 유릭을 쳐다봤다.

유릭은 이미 문명사회의 일원이었다. 산맥을 처음 넘었던 야만인 유릭은 개미처럼 누군가에게 짓밟혀도 아무도 그의 죽음에 관심이 없었을 터다. 그의 죽음을 애도하거나 안타까워할 문명인은 없었으며, 아무도 그의 행방에 관심이 없었다.

하지만 지금의 유릭은 유기적이고도 복잡한 사회의 일원이었다. 유릭의 죽음이나 출현은 주변에 영향을 미쳤다. 그의 영향력은 적어도 사회적 명사 수준까지 올라선 셈이다. 그가 누군가에게 죽었다는 소식이 퍼진다면, 누군가는 유릭을 죽인 사람을 찾을 것이고 복수를 할지도 모른다.

귀족들이 서로를 쉽게 죽이지 못하는 것처럼, 유릭의 정체를 안다면 여러 명사와 귀족, 왕족과 관계가 있는 유릭을 쉽게 건드리지 못했다.

'나는 이곳의 일원인 건가.'

유릭이 취기가 오른 얼굴로 모닥불을 바라봤다. 문명세계가 고향처럼 익숙했다.

유릭은 이제 개미처럼 짓밟을 수 있는 존재가 아니다. 유릭을 죽이려면 쥐도 새도 모르게 해치우거나, 그에 걸맞은 명분이 필요하다. 그리고 공개적으로 죽이고자 한다면 처형자는 유릭의 지인을 무시할 정도의 권력을 가진 이여야 한다.

"후우."

유릭이 술로 달짝해진 입안을 벌리며 바깥 공기를 머금었다가 뱉었다. 정수리까지 올라간 취기가 코와 입으로 빠져나가는 기분이었다.

적당히 술을 마신 유릭이 망토를 두르고 누웠다.

다음날도 상단은 예정대로 이동했고, 겨울이 끝나기 전에 하멜이 도착했다.

도시 안으로 들어가자마자 도매상들이 달라붙으며 모피 가격을 흥정했다.

"아, 그건 안 돼. 이번 겨울이 얼마나 독했는지 알아? 우리 말고 이 정도로 가져오는 놈들 몇 없을걸?"

"우리가 가격 잘 쳐준다니까."

상단의 상인들 얼굴에는 함박웃음이 가득이었다. 흥정만 잘한다면 다음 장사 밑천을 단단히 마련할 수 있었다.

"선물이요, 유릭."

상단대표가 떠나는 유릭에게 늑대가죽을 내밀었다. 회색털의 윤기가 살아 있는 상등품이었다. 머리 형태도 잘 보존되어 있어서 위압감이 흘렀다.

"오, 고마워."

"잘 가시오, 유릭. 그 이름은 잊지 않겠소이다."

상단원들이 유릭을 배웅했다. 유릭 덕분에 이번 장사의 수익을 남길 수 있었다. 나중에 상단이 크게 성공하더라도, 유릭의 일화는 오랫동안 안줏거리도 남을 터다.

"웃차."

유릭이 다시 들른 하멜을 바라봤다. 여전히 북적거리는 도시였다.

'남은 겨울은 여기서 보내고, 보급을 충분히 한 후에 남쪽으로 출발하면 돼.'

제국 수도 하멜만큼 상업이 번성한 도시는 없다. 여기서는 유릭이 원하는 물건 대부분을 구할 수 있었으며, 그가 가진 강철무기들도 뛰어난 대장장이의 손길이 필요했다.

"거기 잠깐 서시오."

지나가던 경비병들이 유릭을 불러 세웠다.

"왜?"

유릭이 짜증스레 뒤로 돌아봤다. 경비병들은 유릭의 사나운 얼굴을 보고도 꿈쩍하지 않았다.

"윗옷을 벗으시오. 문신이 있나 확인을 하겠소."

"문신?"

"뱀문신 말이오. 뱀교의 잔당이 자랑스러운 수도에 숨어들었소. 신생아가 사라지는 일이 잦아졌소이다. 껄끄러운 건 알겠지만, 몸수색을 하겠소."

경비병은 유릭의 협조를 요구했다. 유릭은 팔을 벌리며 한숨을 쉬었다.

길거리 한복판에서 몸수색을 벌이지만, 사람들은 별다른 관심이 없었다. 야만인이 저런 식으로 검문당하는 건 하루 이틀이 아니다. 야만인 여성이라면 길거리에서 벌거벗겨지는 경우도 많았다.

"이건…… 좋은 무기를 들고 다니는군."

경비병이 유릭의 무기를 보며 말했다. 강철무기라는 걸 알아본 경비병이 이맛살을 찌푸렸다.

"내가 가지고 다니지 못할 이유라도 있나?"

유릭이 사납게 말하자, 경비병이 고개를 저었다.

'도끼 둘, 칼 하나. 강철무기를 이만큼이나 들고 다니다니…….'

조금 수상하긴 했어도 당장 문신이 보이진 않았다.

"위병소까지 동행해 주시오."

경비병이 유릭에게 동행을 요구했다. 유릭은 인상을 찌푸렸다.

야만인이 문명세계를 혼자서 여행하는 건 무척이나 힘든 일이었다. 야만인 융화정책을 펼치고 있어도 차별은 여전히 만연했고 조금만 수상해도 잡아넣는 경우가 비일비재했다.

특히나 뱀교의 잔당이 설치기 시작하면, 문명인들은 북부고 남부고 할 것 없이 한통속으로 묶어서 의심부터 하고 본다.

"장난해?"

"별거 아닌 절차요. 신분확인만 확실히 하고 나면 보내줄 거요."

경비병이 날카롭게 눈을 떴다.

'혼자서 대도시에 오면 이런 꼴이로군.'

유릭은 지금까지 여러 문명인과 함께 다녔다. 검투단이나 용병단, 신원이 확실했던 왕족. 그런 이들과 다닐 때는 이런 문제가 없었다. 신원을 보증해 주는 이들이 곁에 있었기 때문이다.

"내 이름은 유릭이다."

유릭이 한껏 목소리를 내리깔며 말했다.

"뭐? 알겠소, 유릭. 일단은 갑시다."

경비병이 고개를 갸웃하더니 유릭을 툭툭 치며 말했다. 힘이 빠진 유릭이 허탈하게 웃었다.

위병소에는 신원이 불확실한 이들이 경비병에게 억류된 상태로 앉아 있었다. 야만인이나 부랑자들 따위였다.

"치안이 좋기로 소문난 하멜에 뱀교의 잔당이라니. 미치고 팔딱 뛰겠군."

위병대장이 성질을 부리며 말했다. 그는 중압감 때문에 머리를 쥐어짰다. 하루라도 빨리 뱀교를 처리하지 못하면 그의 목이 위험했다.

뱀교는 신생아를 잡아 제물로 바친다. 그 악명은 제국 널리 퍼져 있는 상태였다. 여러 종교가 뒤섞인 제국이지만 뱀교만큼은 사교도로 치부하며 보이는 족족 처단했다.

"이번에 어슬렁거리던 야만인입니다. 특이점으론 강철무기를 세 자루나 가지고 있습니다."

경비병 하나가 그리 보고하며 유릭을 심문실로 데려왔다.

"내 무기에 손대지 말라고. 확, 그냥."

경비병이 유릭의 무기를 뺏으려다가 물러났다. 위병대장이 유릭을 바라보더니 병사를 향해 손을 저었다.

"그냥 가보게! 이자는 북부인인 듯하군. 뱀교는 아니겠지. 이보게, 간단히 질문 몇 개만 하고 끝낼 테니 순순히 답해주게."

위병대장이 능숙하게 사람을 다뤘다. 유릭은 그 앞에 앉으며 짜증을 숨기지 않았다.

"난 자유인 여행자야. 이런 대우를 받을 이유가 없다고. 그거 알아? 저기 높으신 분들이랑 나랑 술도 먹고……."

"아아, 그건 됐고. 이름이?"

위병대장이 깃펜을 들며 말했다.

"유릭."

"아, 유릭. 어디서 들어본 것 같은데 흔한 이름인가 보군. 어디서 오는 거요."

위병대장이 어깨를 으쓱했다.

"북부에서. 내가 북부 총독의 목숨도 구했다고. 그 사람이 날 연회에 초대하려고 한 걸 내가 거절했을 정도야."

"아, 그래서. 북부 총독의 이름이 뭔지는 아는 거요?"

"랭스터 공작이잖아."

"그건 성이고, 정말로 친하다면 이름을 알 거 아니요."

유릭은 기억력이 좋았지만, 랭스터 공작의 이름은 한 번도 듣지 못했는지 떠오르지 않았다. 그저 총독이라든가 랭스터 공작이라고 불렀을 뿐이다.

"하여튼 간에 강철무기를 셋이나 가지고 있던데, 그게 평범한 경우는 아닌 걸 알 거요. 어디서 난 거요?"

위병대장이 유릭의 행색을 살폈다. 부자처럼 보이진 않았다.

"내가 직접 받은 거지, 황제가 가져가라고 했어. 황제 이름은 안다고, 얀키누스잖아."

유릭이 넉살좋게 말했다. 위병대장의 얼굴이 처음으로 딱딱하게 굳었다.

"대답만 잘하면 넘어갈 일이었소, 유릭. 황제폐하를 함부로 언급하다니, 장난치지 말고 똑바로 대답하시오."

유릭의 얼굴에도 서서히 웃음이 걷혔다. 그도 참을 만큼 참았다. 그의 성격상 여기까지도 순순히 응해준 편이었다.

"내가 거짓말한다고 생각해? 내 입으로 말하기 그런데, 저번 마상창시합 우승자가 누군지부터 알아보고 오시지. 그때의 포상으로 받은 거야."

위병대장이 움찔했다. 유릭이라는 이름이 낯설지가 않다고 계속 생각하곤 있었다.

"잠시 실례."

위병대장이 황급히 심문실을 나갔다. 그가 병사들을 불러서 저번 마상창시합 우승자를 알아봤다.

"유, 유릭. 맞습니다! 그 유릭입니다! 왜 진작 못 알아봤지!"

"제기랄!"

위병대장이 당황했지만, 곧 마음을 추슬렀다. 적당히 잘 대우해 주고 위병대장 명의로 통행증이나 발급하면 끝낼 일이다.

'보아하니 이런 거로 시비 트는 성격은 아닌 듯하니까, 문제없어.'

위병대장이 다시 심문실로 들어가려는 찰나, 바깥에 있던 병사가 황급히 위병대장을 찾아댔다.

"대장님! 대장님! 어디 계십니까! 급한 일입니다!"

정신이 없었다. 안 그래도 일이 많아서 미칠 지경이었다. 위병대장이 험악한 얼굴로 병사를 바라봤다.

"나 여기 있다! 무슨 일이야? 별거 아닌 일이면……."

병사는 경례도 생략하며 위병대장에게 달려왔다.

"황, 황제폐하가……."

"뭐? 뭐가?"

"황제폐하께서 위병소로 오시고 계십니다! 금방 도착할 겁니다!"

"무슨 말도 없이 갑자기! 전원 집합!"

위병대장이 소리를 빽 질렀다. 그가 체격이 좋은 병사 몇 명을 골라서 바깥에 대기하라 명했다.

'제길, 높으신 분은 오지 않는 게 도움이 된다고.'

병사들도 투덜거렸지만, 발 빠르게 움직였다. 세상의 주인이자, 무소불위의 권력을 가진 황제다. 밉보이면 그 자리에서 목이 날아가도 아무도 따지지 못한다. 교황이 있는 태양교단조차 어지간한 일로는 황제를 규탄하지 못했다.

"유, 유릭은 어떡할까요?"

"일단 놔둬! 그놈이 문제냐! 폐하부터 맞이해라!"

가까스로 위병대장은 황제의 방문에 맞춰 사열 준비를 마쳤다. 얼굴에서 땀이 줄줄 흘러내렸다.

거리가 조용하다.

또각, 또각.

말과 사람의 걸음 소리만 고요히 퍼졌다. 거리를 오가던 사람들도 무릎을 꿇고 고개를 숙였다. 세상의 심장이라 불리는 하멜조차 침묵에 빠뜨리는 존재가 강철기사들을 이끌고 대로를 가로질렀다.

"오오, 오랜만이로군, 북위병대장. 임명한 이후로 처음이던가?"

제3대 황제 얀키누스 하멜론, 그가 자색독수리 망토를 휘날리며 말에서 내렸다.

"세상의 주인을 맞이하라! 황제 얀키누스 만세!"

"황제폐하 만세!"

병사들이 일제히 제창하며 무기를 높게 들어 올렸다. 급조한 사열인데도 절도가 있었다. 제식만 봐도 병사들의 우수한 훈련 상태가 보였다.

"뱀교의 잔당이 설치고 있다는 소식은 들었네. 천인공노할 짓을 하는 놈들이지. 하지만 나는 자네들이 그런 사교도에게 지지 않을 거라 믿네. 금방 놈들을 잡아내겠지. 아무렴! 자네들이 누군데! 제국의 손이자 발이 아닌가!"

짝.

얀키누스가 웃으면서 손뼉을 쳤다. 행렬 맨 뒤에서 짐꾼들이 상자들을 우르르 날랐다.

"아!"

위병대장이 탄성을 내질렀다. 황제가 위병소를 방문한 까닭을 알았다.

'폐하께서 직접 독려를 하시다니.'

가슴이 녹아내릴 정도로 뜨거운 무언가가 울컥했다. 짐꾼들이 나르는 상자에서는 오늘 구워낸 빵과 방금 도축한 신선한 고기 그리고 황실에 상납되는 특상급 포도주가 담겨 있었다.

"술은 적당히 하게. 북위병대장 바란 경."

"맹세컨대 축하주는 사교도 잔당을 처분한 뒤에 하겠습니다."

위병대장의 목소리가 울컥했다. 그는 감격한 얼굴로 황제의 반지에 입을 맞췄다.

쾅!

갑자기 뒤에서 거친 소리가 들렸다. 병사들은 물론이고 황제가 데려온 강철기사들도 칼자루를 잡았다.

"언제까지 날 가둬둘 거야!"

유릭이 문짝을 때려 부수며 심문실을 나왔다. 어지간하면 참으려고 했는데, 한참이 지나도록 꺼내줄 기미가 없어서 잠긴 문을 직접 부쉈다. 그는 도끼를 들고는 씩씩거렸다.

"어, 어라?"

유릭이 주변 상황을 보며 눈동자를 데굴데굴 굴렸다. 그가 봐도 보통 상황이 아니었다. 방음이 잘된 심문실 안에서는 바깥 상황을 알지 못했다.

'……망했다.'

위병대장이 절박한 심정으로 얀키누스와 유릭을 번갈아 쳐다봤다. 얀키누스가 무표정한 얼굴로 유릭을 보고 있었다. 그무표정이 오히려 위병대장을 불안케 했다.

"흠, 유릭."

모두의 침묵을 뚫고 얀키누스가 말했다. 분노도 반가움도 없는 순수한 호기심이었다.

"저, 저놈을 잡아! 죽, 아니, 생포해!"

당황한 위병대장이 일어나면서 외쳤다. 유릭이 누구든 간에 이런 자리에서 심문실 문을 때려 부수며 나왔다. 이대로 유릭을 놔둔다면 위신이 살지 않았다.

병사들이 창을 거꾸로 잡으며 유릭에게 달려들었다.

"얼씨구."

유릭이 휘파람을 불며 도끼를 반대 방향으로 잡아서 둔탁한 부분이 앞으로 오도록 했다. 그는 도끼를 망치처럼 쓰면서 다가오는 병사들을 거침없이 때려잡았다.

'야만전사를 생포하는 건 보통 일이 아니지. 애초에 죽이지 않으면 멈추지 않는 족속이니까.'

얀키누스가 턱을 괴며 웃었다. 그는 나서는 기사를 제지하며 유릭이 싸우는 꼴을 지켜봤다. 병사들이 벌써 일곱 명이나 땅바닥을 뒹굴었다.

"저자는 내 손님이다. 아무래도 오해가 있나 보군!"

지켜보던 얀키누스가 위병대장에게 말했다.

'인제 와서 그런 말을 하면 어쩌자는 거야! 제기랄, 제기랄!'

위병대장은 이도 저도 못하고 발을 동동 굴렀다. 병사들을 때려눕힌 유릭이 짐승처럼 숨을 내뱉으며 서 있었다.

'재수 없는 놈 같으니.'

유릭은 아까부터 얀키누스의 시선을 느끼고 있었다. 얀키누스에게는 지금 혼란을 단번에 잠재울 힘이 있었다. 그런데도 혼란을 방조하며 유릭을 지켜봤다.

"그만! 그만! 싸움을 멈춰라!"

위병대장이 병사와 유릭 앞을 막아서며 말했다. 그가 방패를 들어서 유릭의 도끼를 막으며 창자루를 휘둘렀다.

유릭은 위병대장의 창자루를 보며 눈을 크게 떴다. 생각보다 더 빠르고 변화무쌍했다.

'강해.'

위병대장은 겉멋으로 하는 게 아니다. 제국 수도의 위병대장 정도면 문무 양면에서 출중하다.

퉁!

유릭이 도끼 뒷부분으로 창대를 쳐내며 위병대장을 바라

봤다.

"이제 오해는 끝난 건가?"

유릭이 도끼를 빙글빙글 돌리며 말했다.

"무기를 내리시오. 황제폐하께서 그대를 손님으로 대접하라 하셨소."

유릭이 힘이 빠져서 웃었다. 그는 고개를 들어서 얀키누스를 바라봤다. 얼굴이 보이지 않는 강철기사들이 그 주변에 서 있었다.

얀키누스는 유릭을 쳐다봤다. 그는 아까부터 생각에 잠겨 있었다. 입가는 반원을 그렸다.

Chapter 6

　유릭은 황실의 손님 자격으로 제비궁에 머물렀다. 파헬 일행과 머물렀던 적이 있어서 낯설지 않았다. 몇몇 시종들은 유릭을 알아보기도 했다. 여전히 황제 알현을 기다리는 자들이 수두룩했고, 죄 없는 궁사관에게 따지는 이들도 보였다.

　유릭은 깨끗이 씻고 말끔한 옷을 입었다. 아무리 자유분방한 자라도 황궁에서는 적당한 의복을 갖춰야 했다. 유릭은 몸에 들러붙는 옷을 보며 인상을 찌푸렸다.

　'이거야 원, 조금만 움직여도 옷이 찢어질 것 같잖아.'

　유릭이 뻣뻣하게 움직이며 한숨을 쉬었다. 그의 방을 두드리며 궁사관이 들어왔다.

　"황제폐하께서 유릭 공을 사냥에 초대하셨습니다."

"어, 나를?"

"그렇습니다."

궁사관이 눈을 가늘게 떴다.

'이게 엄청난 특권이라는 걸 모르겠지.'

황제의 알현을 기다리는 사람이 수두룩하다. 그런데 유릭은 황제가 직접 지목한 손님이었다. 오자마자 황제와 대면하고 사냥을 함께할 기회조차 얻었다.

"사냥이라, 귀족의 사냥놀이는 별로 취향이 아닌데."

유릭은 귀족의 사냥법을 안다. 유릭이 아는 생존을 위한 사냥과는 전혀 달랐다.

사유지인 숲과 들에 미리 사냥감을 풀어놓으면, 몰이꾼과 사냥개가 알아서 사냥감을 귀족 앞까지 몰아온다. 귀족은 그저 화살을 당기면 그만이다.

'그게 무슨 사냥이야. 그냥 애새끼 장난이지. 10살 먹은 애새끼 활쏘기도 그렇겐 안 가르치겠다.'

유릭은 툴툴거리면서도 나갈 준비를 했다. 그는 실질적으로 황제 얀키누스에게 신세를 진 거나 마찬가지다. 과정이야 어쨌든 유릭이 위병소에서 난동을 피운 건 사실이며, 자칫하면 목이 달아나도 할 말이 없는 상황이었다.

'야만인 혼자서 여행을 다니는 건 그리 쾌적하지 못하군.'

혼자가 되어서야 야만인을 향한 차별과 편견을 절실히 느꼈다. 아무리 융화정책을 펼친다고 하지만, 범죄가 일어나면 경비병들은 야만인 여행자부터 잡아들이고 봤다. 실제로도 야만인들은 문명사회에서 지저분하고 폭력적인 일을 업으로 삼고 산다.

'악순환이지.'

편견을 받기에 편견을 받을 만한 일밖에 하지 못한다.

유릭이 대우를 받는 건, 그가 출중한 전사이기 때문이다. 야만인과 문명인이라는 장애를 넘을 정도로 우수했다. 기이할 정도로 비범한 자는 때론 출생에 구애받지 않는다.

"사냥복입니다."

궁사관이 옷을 내밀었다. 유릭이 이맛살을 찌푸렸다.

"또 갈아입으라고? 제기랄."

"황궁에서는 욕을 삼가주십시오."

궁사관이 무표정하게 말했다. 여러 귀족을 상대하는 궁사관은 감정을 숨기는 일에 능했다. 그저 할 말만 하는지라 듣는 사람은 화도 나지 않았다.

유릭은 시종들의 도움을 받아 옷을 입었다. 혼자서는 입기도 힘든 옷이었다. 끈으로 묶고 단추를 잠그고, 그 위에 조끼를 입은 다음에 외투를 한 번 더 걸쳤다. 모자는 무슨 활용도가 있을까 싶을 정도로 챙이 과하게 위로 휘었다.

"멋지군요!"

시종이 땀을 흘리며 외쳤다.

"이게 멋져? 그 눈깔은 쓸모없는 것 같으니 당장 확 뽑아버려."

유릭이 신경질을 내자 시종이 입을 다물었다.

"잘 어울리십니다, 유릭 공."

기다리고 있던 궁사관이 그리 말했다.

"지랄도 염병은."

유릭은 궁사관을 따라 제비궁의 마구간으로 향했다. 킬리오스는 황실 마부의 돌봄을 받으며 잘 지내고 있었다. 험한 북부여행 동안 거칠어진 갈기와 가죽에는 어느새 윤기가 돌았다.

"여, 킬리오스."

유릭이 오자마자 킬리오스가 히잉 하고 울었다. 커다란 눈망울이 유릭을 응시했다.

"개인 말을 쓰실 겁니까?"

"그럼, 당연하지."

유릭은 킬리오스를 타고 황실의 사냥터로 향했다. 유릭이 도착하고 한참이 지나서야 얀키누스와 그의 기사들이 나타났다. 황제의 사냥복은 금수가 놓여 무척이나 화려했다. 멀리서도 황제라는 걸 대번 알 수 있었다.

"오, 유릭."

얀키누스가 유릭을 보며 웃었다. 잘생긴 사내의 청량한 미소였지만, 유릭은 서늘하다고 생각했다. 얀키누스가 어떤 부류의 인간인지는 이미 한번 겪어봤다.

"폐하 앞이다! 말에서 내려 예를 갖춰라!"

옆에 있던 기사 소리를 쳤다. 얀키누스가 손을 들며 기사를 제지했다.

"시끄러, 야만인이잖아. 예의를 모르는 게 정상이지."

얀키누스는 오히려 자신의 기사에게 무안을 주며 유릭의 편을 들었다.

'이 음흉한 놈, 무슨 속셈인 거야.'

유릭은 얀키누스를 내려다봤다. 유릭이 머리 하나는 더 컸다.

"사냥 좋아하나? 유릭."

"사냥은 좋아하지, '사냥놀이' 말고."

"하하, 당연히 그렇게 보이겠지. 그 말이 맞아. 이건 사냥놀이지."

얀키누스가 그리 말하면서도 손을 뻗어서 사냥 시작을 알렸다. 하인들이 바삐 움직이며 사냥을 준비했다. 황실의 사냥터는 무척이나 넓어서 그 끝이 보이지 않았다. 말을 타고도 한참을 달려야 할 듯했다.

"위병소에서 그런 난리를 피우다니, 보통은 목이 달아났을 걸세. 물론 자네도 나름대로 생각이 있어서 그랬던 거겠지만. 저번 마상창시합 우승자의 목을 그렇게 쉽게 자를 순 없지. 체면 문제거든."

"별다른 생각 없이 저지른 짓이야."

유릭이 어깨를 으쓱하자, 얀키누스가 잠시 말문이 막힌 듯이 웃었다.

"자네를 다시 만날 줄은 몰랐네. 포를카나에서 잘 먹고, 잘 살 줄 알았지. 바르카 왕이 자네를 아끼는 것 같았으니까."

왕의 총애를 받는 전사, 유릭의 활약이라면 작위를 받고도 남을 터였다.

"난 바르카의 부하가 아니야. 그저… 친구지."

유릭이 마지막 말은 중얼거리듯 내뱉었다. 얀키누스는 눈동자를 옅게 떴다.

"그래서 자네와 바르카 왕을 유심히 보고 있었지. 왕족과 야만인이 친밀하게 지내는 건 굉장히 이색적 광경이었어."

"이색적일 것까지야."

유릭은 하인에게서 활을 받아들며 대답했다. 그는 활시위를 가볍게 튕겼다.

멀리서 개가 짖는 소리가 난다. 몰이꾼도 소리를 지르며 사냥감을 몰았다.

"그나저나 페르젠이 포를카나에서 행방불명됐다는 소식은 의외였어. 죽을 때가 되어서 사라졌다고 해도 별로 이상할 건 없지. 노야는 원래 그런 사람이었으니까."

유릭은 아무런 내색도 하지 않았다. 그의 심장은 고요했다. 찔리는 건 없었다. 오히려 페르젠의 계략에 휘말린 피해자가 유릭이었다.

'근래 노인네들에게 이용만 당하는 것 같군.'

유릭이 투덜거리며 숲을 바라봤다. 수풀을 헤치는 소리가 들렸다.

까- 이익!

얀키누스가 활시위를 당겼다. 그가 수풀이 움직이는 방향으로 화살을 쐈다.

"빗나갔군. 활쏘기에는 영 재주가 없단 말이야. 자넨 어떤가?"

"내 활이라면 잘 쏘겠지만, 이건 영."

유릭이 눈을 크게 뜨며 활시위를 당겼다. 그는 수풀 사이로 움직이는 갈색가죽을 확인했다.

피슛!

유릭은 활시위를 놓는 순간, 화살이 맞을 거란 걸 예감했다. 사냥꾼의 감각이었다.

"맞았군! 훌륭해!"

얀키누스가 유릭의 등을 툭툭 두드리며 말했다.

"얼마나 큰놈을 잡았는지 가서 확인하세. 이럇!"

얀키누스가 먼저 말을 몰았다. 그 뒤로 기사들이 줄지어 따라왔다. 활을 맞은 짐승은 그 뒤로도 한참이나 뛰어간 듯했다.

"몰이꾼!"

몰이꾼이 개를 풀었다. 개들이 핏자국을 쫓아서 컹컹 짖으며 뛰었다. 얀키누스와 유릭이 개를 따라 숲을 가로질렀다.

"하핫, 여기에 있었군."

얀키누스가 유릭이 맞힌 사냥감을 먼저 찾아냈다. 그가 유릭에게 손짓했다.

"끄으으으."

신음이 들렸다. 유릭이 이맛살을 찌푸리며 말에서 내렸다.

"허벅지에 화살을 맞고도 더 달리다니, 보통 놈이 아니야. 그렇지 않나?"

얀키누스가 사냥감을 가리키며 말했다. 그의 웃음이 해맑았다.

"사냥감이 '사람'이었나……."

유릭이 땅바닥을 뒹구는 사내를 바라봤다. 유릭이 쏜 화살은 그의 허벅지에 박혀 있었다.

'착각할 만도 했군. 사슴가죽을 통째로 뒤집어쓰고 있었을 줄이야.'

사내는 사슴가죽을 스스로 벗지도 못했다. 사슴가죽이 아교로 피부에 달싹 붙어 있었다. 떼어내려면 피부도 같이 벗겨질 터다.

"자네는 우수한 사냥꾼이군, 유릭. 하지만 마무리는 확실히 해야지."

얀키누스가 칼을 들어 올렸다. 그는 화살에 맞은 사내의 목을 찔렀다. 매끄러운 칼날이 스며들 듯 살을 파고들었다. 사람의 생명을 끊는 데 한 치의 망설임도 없다.

얀키누스는 태어날 때부터 세상의 정점에 선 사내다. 자신보다 높은 사람을 본 적도 없었다. 모든 사람이 자신을 위한 도구였다.

"사람 사냥은 자칭 문명인이 하기에는 악취미가 아닌가?"

"상대가 뱀교가 아니라면 그렇겠지. 저놈들은 아이를 납치해 잡아먹는 놈들이네. 인간이 아닌 짐승처럼 취급해도 돼. 루도 용서하겠지."

얀키누스가 피가 묻은 칼을 하인에게 던졌다. 하인이 정성스레 칼을 닦았다.

"그놈의 루는 참 편리하군. 뭘 해도 루의 용서만 받으면 그만이지."

유릭이 반쯤 빈정거리며 말했다. 얀키누스는 유릭의 빈정거림을 웃음으로 넘겼다.

"내 도시에는 뱀교라는 병이 돌고 있네. 제국의 심장으로 잘도 숨어들었지. 나는 놈들의 뿌리까지 뽑아버릴 생각이네. 아주 독한 약이 필요해, 무자비하고도 뛰어난…… 나를 대신해

잔혹한 응징을 할 수 있는 자가."

얀키누스가 손가락을 들어서 유릭을 가리켰다.

"어엉? 나? 뭐야, 황제라는 양반이 그렇게 밑에 인물이 없어?"

유릭이 얀키누스 주변의 기사들을 바라봤다. 기사들은 무표정하게 입만 다물고 있었다.

"지하사회에 숨은 뱀교를 찾아내는 건 아무나 할 수 있는 일이 아니지. 문명인이 접촉한다면 뱀교는 금방 도망갈 터고, 태양전사를 쓰기엔 신앙심이 뛰어나 일을 금방 그르칠 거네. 뛰어난 인재는 많으나 적당한 인재는 없지. 충분한 사례를 하겠네. 돈이든 뭐든."

얀키누스는 유릭을 바라봤다. 유릭은 문명에 깊게 스며들고도 야만성을 잃지 않은 사내였다. 교활한 유릭은 문명과 야만 사이를 오가며 의태했다.

"마치 날 잘 아는 것처럼 말하는군. 기껏해야 몇 번 이야기해 본 게 전부인데 말이야."

"알다마다 내 애첩이 자네에 대한 저주와 악담을 그렇게 퍼붓더군. 이 세상에 존재해선 안 될 자라고 말이야."

유릭의 동공이 커졌다. 그는 새카맣게 잊고 있었다.

'다미아.'

다미아 공주가 얀키누스의 첩으로 있을 터다. 다미아는 유릭을 증오하고 있다. 그건 유릭에게 좋은 소식이 아니다.

"그런데도 나를 쓰겠다는 건가?"

얀키누스가 입술을 씰룩였다. 그가 호쾌하게 웃었다.

"그거 아나? 원래 훌륭한 사내일수록 여자의 증오와 분노를 사는 법이지. 나처럼 말이야!"

제국의 악명 높은 지하감옥, 그곳에 유릭이 있었다.

철커덩.

유릭은 쇠창살을 바라봤다. 공기가 눅눅하다. 오묘한 악취가 어둠을 떠다녔다.

'그게 이런 말이었나.'

유릭은 어젯밤까지만 해도 성대한 대접을 받았다. 황실의 온갖 진미를 먹고, 감미로운 술을 물처럼 퍼마셨다. 허리가 잘록한 무희들을 마음껏 껴안으며 웃고 떠들었다.

"끄응."

유릭이 숙취로 멍한 머리를 매만졌다. 그는 황제와의 약속을 떠올렸다.

'지하감옥에는 경비대가 붙잡은 사교도가 있어.'

찬찬히 기억을 되새겼다.

'그 사교도와 함께 탈옥해서 뱀교 일당의 본거지를 찾아낸다.'

제국에는 많은 인재가 있지만, 이번 일에 적합한 인재는 없었다. 문명인의 접촉은 사교도가 믿지 않을 것이고, 태양전사는 신앙심이 강해 사교도를 죽여 버리고 말 터다. 믿을 만하면서도 출중한 능력을 지닌 야만인은 드물었다.

아아아아아아아-!!

유릭이 갇혀 있는 감옥 층보다 더 깊은 곳에서 비명이 간간이 올라왔다. 고문당한 수감자들이 너저분한 꼴로 끌려 나왔다. 사람의 몰골이 아닌 이들도 허다했다.

"허물을 벗는 뱀은 불멸이니, 육신을 벗고 다음 세계로 나아갈 뿐……."

유릭은 기도 소리를 들었다. 그의 옆방에서 들리는 소리였다.

똑, 똑.

유릭이 벽을 두드렸다.

"무슨 일이오?"

"나는 오늘 감옥에 들어왔는데 서로 통성명이나 하자는 의미로 두드린 거야."

벽 너머에서는 망설임이 느껴졌다. 유릭은 그가 말하길 기다렸다.

'예정대로 내 옆방이 뱀교의 신자로군.'

황제에게 듣기론 뱀교 내에서는 제법 위치가 있는 자라고 했다.

"…그놈들이 날 야만인이라는 이유로 다짜고짜 가둬놓더라 니까, 열이 받아서 홧김에 위병소 문짝을 때려 부쉈지. 정신을 차려보니 이런 감옥이더군."

유릭은 진실을 반쯤 섞어서 말했다. 그가 야만인이라는 이 유로 위병소에 갇힌 건 사실이었다.

"당신도 나도 죽을 일만 남았소."

옆방의 사내가 나직이 말했다. 그는 다시 기도에 열중했다.

"댁이 소문이 자자한 뱀교로군."

유릭이 슬쩍 운을 뗐다.

"악명이겠지."

사내가 칙칙하게 대답했다.

"댁들이 하는 짓을 보면 악명이 날 수밖에 없지 않나?"

"악명에는 오해가 따르는 법이오."

"오해는 무슨."

유릭이 빈정거렸다.

"지금 세상은 지옥이오. 지옥에서 선행을 하는 자가 핍박받 는 건 당연한 일이지."

뱀교는 남부에서도 가장 척박한 사막에서 태어난 종교다. 남부에서조차 주류에서 벗어난 소수종교지만, 지금까지 끈질

기게 살아남았다.

유릭은 감옥에서 사흘을 보냈다. 탁한 공기 때문에 사흘 만에 목이 칼칼해지고, 빛을 보지 못해 정신은 사납게 흔들렸다.

'죽겠군.'

유릭은 감옥 안에서 팔굽혀펴기 따위를 하면서 버텼다. 몸을 움직이지 않으면 정말로 정신이 나갈 것 같았다.

"요란하게 움직이는군, 킬리오스."

유릭은 자신의 이름이 킬리오스라고 말했었다. 유릭이라는 이름은 아는 사람이 있을 수도 있었다.

"나는 여기서 죽을 생각이 없으니까, 트리키."

사내의 이름은 트리키였다. 그는 사흘 동안 유릭과 많은 이야기를 나눴다. 유릭 특유의 친화력 덕분에 제법 터놓고 말하는 사이가 되었다.

"삶에 대한 집착이 강하군."

"그거야 당연하지. 웃차!"

유릭이 한 손으로 팔굽혀펴기를 하며 대답했다.

"나는 죽음이 두렵지 않소. 그저 더 많은 사람을 인도하지 못하고, 먼저 다음 세계로 넘어간다는 게 안타까울 뿐이지."

"다음 세계?"

"지금보다 더 나은 세계요. 우린 육체를 미련 없이 벗을 때마다 더 나은 세계로 나아가는 거요. 육체에 집착할수록 더 나쁜 세계로 끌려갈 뿐이지."

"이해가 가지 않는군."

유릭이 이맛살을 찌푸렸다.

"우린 단지 구원을 하고 있는 거요."

뱀교는 이교도가 아닌 사교도로 불리며 박해당한다. 문명
인은 물론이고 다른 야만인들조차 뱀교의 사고방식을 이해하
지 못했다.

'나는 이들을 이해할 수 있을까?'

유릭도 뱀교에 대한 거부감이 컸다. 공감도 이해도 가지 않
는 교리였다. 울가로처럼 약속된 영광이나 명예도 없었으며,
태양의 따스한 자애도 없었다. 뱀교에는 그저 허무함만이 가
득했다.

끼릭.

간수가 감옥 사이를 걸었다. 그는 수감자의 인원을 확인하
더니 유릭을 힐끗 바라봤다. 간수가 입만 움직여서 유릭에게
신호를 보냈다.

유릭이 쇠창살 사이로 손을 뻗었다. 그가 간수의 뒷덜미를
붙잡아서 당겼다.

콰- 앙!

요란한 소리가 떠들썩하게 들렸다. 쇠창살에 머리를 박은
간수가 풀썩 쓰러졌다. 유릭은 간수의 품을 뒤져서 열쇠를 꺼

냈다.

끼익.

유릭이 창살을 열고 나오자, 사방에서 죄수들이 고함을 쳤다.

"나도 살려달라고! 형씨! 제발!"

"여기! 여기!"

"설마 혼자서 가는 건 아니겠지?"

유릭이 죄수들을 하나둘씩 풀었다. 황제는 잡은 죄수를 풀어놓더라도 뱀교의 본거지를 찾을 셈이었다. 그만큼 뱀교는 골칫덩어리였다. 치안의 불안은 곧 황제와 제국군에 대한 불신으로 이어진다.

"드디어 얼굴을 보는군, 트리키."

유릭이 옆방을 가장 마지막에 열었다. 트리키는 비쩍 마른 사내였다. 감옥에 있어서 마른 것도 있지만, 체격 자체가 원래 크지 않았다. 머리카락과 수염은 지저분하게 자라 있었지만, 눈동자만큼은 또렷했다.

"와아아아아!"

이미 죄수들이 먼저 빠져나가서 경비들과 싸우고 있었다.

유릭과 트리키는 죄수들이 싸우는 틈을 타 지하감옥을 빠져나갔다. 원래라면 감시가 철저했겠지만, 오늘은 병사의 배치가 느슨했다.

"죄수다! 죄수들이 탈출했다!"

뒤늦게 증원된 병사들이 탈출하는 죄수들을 사정없이 진압했다.

"이쪽으로 오시오, 킬리오스."

눈을 흘기던 트리키가 말했다. 지하감옥 입구는 경비대의 성채와 연결되어 있었다.

"여긴……?"

트리키가 가리킨 곳은 넓적한 바위가 있는 곳이었다. 바위는 무언가를 막고 있는 듯했다. 바위는 대단히 크고 무거워서 손으로 옮기기 힘들었다.

"이걸 같이 뒤집어야 하오. 하수도와 연결되는 입구요. 성채에서 정면으로 나가는 건 자살이나 마찬가지. 주변에 지렛대가 될 만한 걸……. 맨손으로는 무리… 아!"

트리키는 눈을 동그랗게 뜨며 탄성을 터트렸다.

끼이이익!

유릭이 맨손으로 바위를 밀어서 올렸다. 유릭의 얼굴이 벌겋게 변했다. 핏발이 선 팔근육은 당장에라도 터질 것 같았다.

"빠, 빨리!"

유릭이 벌건 얼굴로 트리키를 재촉했다. 트리키가 잽싸게 하수도 밑으로 떨어졌다.

첨벙!

트리키가 오물이 쌓인 하수도로 떨어졌다.

쿵!

유릭도 하수도로 들어가면서 바위를 내려놓았다. 조금만 늦었어도 손이 으깨질 뻔했다.

"대단한 괴력이오, 그렇게 힘이 센 사람은 처음 봤소."

트리키는 지금까지 유릭을 별 볼 일 없는 야만인이라 생각했다. 하지만 인제 와서 보니 심상치 않은 분위기를 풍기는 전사였다. 몸에 새겨진 흉터들이 예사롭지 않았다.

"후우, 후우."

유릭은 아직도 숨을 몰아쉬며 팔을 주물렀다. 터진 혈관 때문에 팔에는 멍이 들어 있었다.

"빨리 움직이는 게 좋겠소. 여기도 안전하진 않으니까. 내게 기회가 한 번 더 주어질 줄이야……. 아직 내가 이번 세계에서 할 일이 남았다는 거겠지."

트리키가 중얼거렸다. 유릭은 트리키의 등을 바라봤다.

"이런 게 도시의 지하에 있었다니."

"도시의 경비대도 하수도의 길을 전부 알지 못하오. 덕분에 부랑자들 소굴이지."

유릭은 트리키를 따라 걸었다.

하수도는 어두워서 한 치 앞도 보기 힘들었다. 트리키와 유릭은 벽을 더듬으며 엉거주춤하게 움직였다.

"어디로 가는 거지?"

"…나도 모르오. 지도도 없고 횃불도 없으니 무작정 걷는 수밖에."

"개판이군."

유릭이 투덜거렸다. 그는 한참을 걷다가 트리키의 팔을 붙잡으며 그의 입을 막았다.

"읍!"

트리키가 눈을 크게 뜨며 유릭을 쳐다봤다. 유릭이 입가에 검지를 대며 '쉿' 하고 짧게 말했다.

"저쪽에서 소리가 났어. 발자국이 울리는 소리야."

유릭이 말하자 트리키가 고개를 끄덕였다.

저벅, 저벅.

발소리가 들린다. 하수도 모퉁이에서 붉은빛이 일렁였다. 횃불을 든 무리가 유릭이 있는 방향으로 오고 있었다.

'숫자는 셋.'

유릭은 모퉁이에 붙어서 언제라도 뛰쳐나갈 준비를 했다. 여기서 트리키가 잡히게 둘 순 없었다.

'이번 일이 끝나면 어떤 부탁이든 들어준다고 황제가 약속했지.'

유릭이 씨익 웃었다. 지금까지 얀키누스의 행동을 생각해봤을 때, 그는 상당히 통이 큰 사내였다. 어지간히 도가 넘는 부탁이 아닌 이상에야 얀키누스는 흔쾌히 들어줄 터다.

'보상이야 나중에 생각하고, 지금은 눈앞에 닥친 일부터 해결해야지.'

유릭의 손가락이 꿈틀거렸다. 그의 머릿속에서 이미 전투가 그려졌다.

'횃불을 먼저 빼앗아 내던지고 어둠을 틈타 적들을 제압한다.'

유릭의 심장이 고동쳤다. 그는 눈을 사납게 뜨며 자세를 낮췄다. 사냥감을 노리는 맹수 같았다.

쿵!

유릭이 소리 없이 뛰어나갔다. 그는 생각대로 행동했다.

횃불에 비치던 그림자를 덮쳤다. 횃불을 든 자를 벽으로 내던졌다. 나머지 두 사람이 유릭을 발견하고 뭐라 소리를 질렀다. 유릭이 주먹을 높게 들어서 상대를 머리통을 깨부수려고 했다.

"그, 그만!"

갑자기 트리키가 몸을 내던지며 유릭의 허리를 붙잡았다. 유릭의 몸은 단단하고 튼튼했다. 트리키가 매달렸는데도 거침없이 움직였다.

"이들은 내 제자들이오!"

트리키가 외쳤다. 유릭이 그제야 행동을 멈추며 떨어진 횃불을 들어 올렸다.

"제자?"

유릭이 반문했다. 트리키와 사내들은 유릭이 모르는 언어로 뭐라 말을 하고 있었다.

"내 앞에서는 제국어로 말해."

유릭이 벽을 발로 걷어차며 말했다. 트리키가 고개를 끄덕였다.

"이자는 나를 감옥에서 꺼내준 은인이시다. 우리의 적이 아니야."

트리키가 유릭을 가리키며 말했다. 유릭에게 얻어맞은 사내도 서서히 고개를 들었다.

"방주님을 구해주신 분입니까?"

"방주?"

유릭이 의아한 얼굴로 트리키를 쳐다봤다. 사내들이 트리키를 가리키는 말은 '방주'였다. 유릭에겐 낯선 단어다.

"날 가리키는 호칭이오, 킬리오스. 이들은 내 제자요. 나를 찾으러 온 모양이오."

트리키가 제자들을 한 명씩 안았다.

"감옥에서 폭동이 일어났다는 소식을 들었습니다. 혹시 하는 생각에 방주님을 찾으러 부랴부랴 온 겁니다. 방주님이라면 하수도로 움직일 거로 생각했습니다."

"고맙구나, 바한."

"방주님이 무사하셔서 다행입니다. 아직 저희에게 가르쳐 주실 게 많습니다."

유릭이 트리키와 바한을 지켜봤다. 그들은 유릭을 보며 속삭였다.

"이자를 두고 가는 게 좋겠습니다. 신원이 불확실합니다."

"나와 같이 감옥에 갇혀 있던 자다. 너군다나 나를 구해줬지. 이대로 혼자 움직이면 제국군에게 금방 잡힐 터. 데려가는 게 좋아."

트리키는 유릭을 데려가자고 말했다.

"방주님의 뜻이 그렇다면야……."

바한이 고개를 끄덕이며 유릭이 가지고 있는 횃불을 빼앗다시피 했다.

"우릴 따라오십시오, 킬리오스."

트리키의 제자들이 앞장섰다. 유릭은 트리키의 옆구리를 쿡 찌르며 물었다.

"그런데 방주가 무슨 뜻이야?"

"큰 배라는 뜻으로 생각하면 되오."

유릭의 의문은 그걸로 해결되지 않았다. 주술사나 사제라는 호칭이었다면 금방 이해했을 터다. 그러나 방주는 배를 뜻하는 단어였다.

'어째서 사람을 부르는 호칭이 방주인 거지?'

유릭이 트리키와 그의 제자들을 쳐다봤다. 트리키는 제국의 생각보다도 더 높은 직위에 있는 사내였다.

'그렇다는 건 이대로 가면 뱀교의 심장부라는 소리로군.'

유릭이 허리춤을 매만졌지만, 무기가 없어서 허전했다. 그는 어깨를 으쓱하며 사람들을 따라 하수도를 걸었다. 오물의 악취는 익숙했다.

Chapter 7

트리키의 제자들은 하수도의 구조를 잘 알고 있었다. 그들은 복잡한 하수도를 이리저리 오가며 길을 찾아갔다.

'모퉁이마다 표식도 남겼군.'

유릭이 트리키의 제자들의 행동을 유심히 살폈다. 그들은 하수도 여기저기에 자신들만의 표식을 남겨서 길을 알아봤다.

"먼저 올라가겠습니다."

제자 바한이 먼저 사다리를 탔다. 사다리 끝에 도착한 그는 돌로 만들어진 덮개를 밀어내며 지상으로 올라갔다.

"방주님께서 오셨다."

바한이 지상에 있는 뱀교도들에게 말했다. 뱀교도들이 눈을 크게 뜨며 서둘러 움직였다.

"나 없이도 잘 꾸려갔구나, 바한."

트리키가 바한의 손을 잡으며 지상으로 올라왔다.

"방주님 없이는 아직 아무것도 못 합니다."

바한이 공손히 대답하며 트리키와 유릭을 안내했다.

유릭은 눈동자를 데굴데굴 굴리며 주변을 바라봤다. 아직도 도시 안이었다. 하지만 어쩐지 분위기가 칙칙했고, 누더기를 입은 부랑자들이 많이 보였다.

'하층민들이 사는 곳이군.'

화려한 대도시일수록 그림자는 더욱 짙은 법이다. 하멜도 예외는 아니었다. 주류에서 밀려난 하층민들은 도시의 구석에서 죽은 듯이 살고 있었다.

"따라오시죠, 킬리오스."

바한이 유릭을 경계하며 말했다. 바한은 체격이 다부진 사내였다.

"알고 있어."

미로처럼 복잡한 길을 몇 번이나 빙빙 돌았다. 아무렇게나 지어진 판잣집 때문에 외부인들은 길을 찾기가 힘들었다.

'일부러 빙빙 돌아가는 것도 있어. 아마 나 때문이겠지.'

바한은 유릭을 완전히 믿지 않았다. 트리키의 은인이라지만, 외부인은 항상 조심해야 했다. 그게 사교도로 치부되는 뱀교도가 살아남는 방법이었다.

'방주님은 사람이 좋은 게 문제지. 내가 정신을 차려야 돼.'

바한이 집창촌으로 들어섰다. 지저분한 여자들이 반쯤 헐 벗고는 호객행위를 하고 있었다.

"저리 치워."

유릭은 여자들의 손을 내치며 짜증을 냈다.

끼익.

바한이 잽싸게 골목길에서 한 번 방향을 꺾더니 돌벽을 밀 었다. 단순히 벽으로 보이던 담벼락이 밀리면서 내부의 공간 이 드러났다.

"들어오시죠, 방주님."

바한이 트리키부터 안으로 들여보냈다. 유릭은 가장 마지막 에 들어갔다.

"방주님!"

"이렇게 끝나지 않을 거란 걸 알고 있었습니다."

제자로 보이는 사내들이 트리키 앞에 무릎을 꿇으며 울먹이 듯 말했다. 트리키는 그들을 차례차례 안았다.

"그런데 이자는?"

제자들이 낯선 유릭을 보며 말했다. 눈초리는 호의적이지 않았다.

"감옥에서 날 구해준 자다. 나를 대접하듯 극진히 대하거라."

"아, 아!"

몇몇 제자는 그 말을 듣자마자 호의를 담은 눈으로 유릭을 바라봤다.

'뱀교.'

제자들의 몸에는 뱀문신이 있었다. 몇 번이나 봐왔던 뱀문신이었다.

'이상하군.'

유릭을 턱을 매만지며 이 자리에 모인 뱀교도들을 바라봤다. 뱀교도들은 트리키가 무사히 돌아온 사실에 기뻐했다.

'내가 아는 뱀교와는 달라.'

유릭이 눈을 감으며 생각했다. 그가 아는 뱀교는 굉장히 거친 자들이었다. 뱀교의 전사는 어지간한 용병만큼이나 강했고, 뱀교의 주술사는 관능적인 야성이 있었다.

'이자들은 굉장히 정돈된 느낌이다. 오히려 뱀교보단 태양교에 가깝다는 느낌마저 들어. 도저히 아기를 잡아먹는 사교도로 보이지 않아.'

유릭이 천천히 눈을 떴다. 뱀문신만 아니면 뱀교라고 믿지도 않았을 것이다.

"방을 마련해 놨습니다, 킬리오스."

바한이 유릭을 불렀다. 그의 눈동자는 날카로웠다.

'바한이 트리키의 제자 중에서 가장 서열이 높군.'

유릭은 바한을 따라갔다.

"너 전사지?"

유릭이 느닷없이 말했다. 바한이 우뚝 섰다.

"과거에 칼을 잡았습니다."

"과거? 지금은 아니라는 건가?"

"지금 저는 전사가 아닙니다."

바한이 무뚝뚝하게 대답했다. 그는 창문도 없는 허름한 방을 유릭에게 내놓았다.

"감옥보단 나을 겁니다."

"이 정도면 황송하지."

유릭이 싱글벙글 웃으며 딱딱한 침대에 앉았다.

"언제까지 머무르실 겁니까?"

"나도 탈옥한 몸이야, 잠잠해질 때까지만 여기에 있을 테니까, 걱정하지 마."

바한이 유릭을 쳐다보며 문을 닫았다. 그의 말 없는 경고가 느껴졌다.

'일단은 예정대로 된 건가.'

혼자 남은 유릭이 캄캄한 방을 둘러봤다. 창문조차 없어서 시야를 촛불 하나에 의존하고 있었다.

'바깥에는 두 명.'

유릭의 방문 근처에서 발소리가 가끔 들렸다. 그들은 유릭을 경계하고 있었다.

'방주 트러키와 그 제자들.'

예상과는 다른 분위기였다. 유릭은 그들에게 흥미가 있었다.

'여기가 본거지인가? 이게 전부 같지는 않아.'

제국의 수도를 불안케 만든 뱀교가 고작 이런 규모일 리가 없었다.

'아기를 잡아먹는 뱀교.'

유릭도 뱀교의 악명은 무수히 많이 들었다. 뱀교가 가장 악명을 떨치는 이유는 신생아를 납치해서 잡아먹기 때문이었다. 제물로 신생아를 바친 뒤에 그 살코기를 뱀교도들이 나눠 먹었다. 그 때문에 문명인은 물론이고 같은 남부인들도 뱀교를 박해했다.

"흐음."

유릭은 침대에 누웠다. 눈을 감자 졸음이 몰려왔다. 하지만 유릭은 깊게 잠들지 않았다. 여긴 안전한 곳이 아니었다. 잠을 자면서도 귀는 항상 열어뒀다.

유릭은 며칠 동안 트러키를 관찰했다. 그는 방주라 불리며 다른 뱀교도로부터 존경을 받고 있었다.

"우리가 살고 있는 이 세상은 지옥이나 다름없습니다. 고통이 끊이지 않으며, 다시 태어나도 고통의 연속일 뿐이죠. 우린 서로 차별하고 다투며 괴로워합니다. 이 세계를 만든 신이 있다면 무척이나 우리를 미워하는 신일 겁니다."

어느 날은 트리키가 사람들을 모아 설교를 했다. 놀랍게도 많은 사람이 트리키의 설교를 듣기 위해 모여 있었다. 대부분 부랑자나 창부 같은 하층민이었다.

"뱀교에는 신이 없나?"

유릭이 중얼거리자, 그 옆에 있던 제자 한 명이 대답했다.

"루 같은 신은 우리에게 없습니다."

뱀교에는 루나 울가로처럼 이름을 가진 신이 없었다. 그들이 믿는 건 내세에 있을 다른 세상이었다.

"그걸 깨닫지 못하고 윤회를 한다면 영원한 고통만 있을 뿐입니다. 우리는 지금 세상으로 되돌아오는 것이 아니라, 다음 세상으로 나아가야 합니다."

현세는 잘못된 세상이다. 그게 뱀교가 말하는 핵심이었다. 뱀교는 태양교가 말하는 윤회를 거부하고, 영원한 고통이라 치부했다.

"우리가 이런 고통을 받는 게 이 세상의 뜻이라면 우린 이 세상을 거부할 자유가 있습니다. 뱀이 허물을 벗을 때마다 더 커지고 강해지듯이, 육체를 벗어던진 우리는 더 나은 세상으로 갈 겁니다."

사람들의 표정이 편해졌다. 그들은 자신들의 고통과 가난을 세상의 탓으로 돌렸다. 뱀교의 가르침에 따르면 그들은 그저 세상의 피해자였다.

"저 귀족들은 편안할까요? 저 높은 곳에 사는 왕들은 행복할까요? 아뇨, 고통 속에서 사는 건 누구나 마찬가지입니다. 이 세상 자체가 지옥이기 때문입니다. 우리 모두가 윤회를 멈추고 다음 세상으로 나아갈 때, 현세라는 지옥은 사라지고 모두가 구원을 얻을 겁니다."

듣고 있던 유릭이 고개를 갸웃했다.

'태양교에게 적대적이군. 아예 태양교의 윤회를 잘못된 거라 말하고 있어.'

설교를 듣던 사내 하나가 손을 들었다. 트리키가 말을 멈추고 사내의 질문을 기다렸다.

"저는 이미 세속에 찌들어 영혼이 무거워졌습니다. 그런 저도 다음 세상으로 갈 수 있을까요?"

사내가 두건을 위로 젖혔다. 화상으로 짓눌린 얼굴이었다. 상처는 썩어서 고름이 뚝뚝 떨어졌다.

"이리 와서 제 손을 잡으시죠."

트리키가 손을 뻗으며 말했다. 사내는 조심스레 트리키의 손을 잡았다.

파르르르.

트리키의 손을 잡은 사내가 몸을 떨어댔다. 눈동자가 뒤집어지며 흰자가 빤히 보였다. 한참이나 떨던 사내가 털썩 주저앉았다.

"오오!"

사람들이 탄성을 내지르며 그 광경을 지켜봤다. 쓰러진 사내가 엉거주춤하게 일어섰다.

"이제 당신의 영혼은 저와 함께할 겁니다. 자, 저와 함께 다음 세상으로 갑시다."

"가, 감사합니다. 방주님."

사내가 울먹이며 말했다. 그걸 기점으로 트리키와 손을 잡으려는 사람들이 넘쳐났다. 다들 트리키의 옷이라도 잡아보려고 난리를 피워댔다.

"아아."

유릭이 주먹으로 손바닥을 치며 탄성을 내질렀다.

'그래서 방주라고 불리는군!'

정신이 번쩍 들었다. 트리키의 역할이 뭔지 보였다. 트리키는 수많은 사람을 다음 세상으로 인도하는 배였다.

"방주님은 현세의 구원자입니다. 당신은 대단한 분을 구출한 겁니다, 킬리오스."

바한이 유릭을 감시하듯 옆에 서며 말했다.

트리키는 이십여 명의 제자를 이끌고 있었다. 그들은 도시 구석구석에 마련된 은신처를 옮겨 다니며 설교를 했다. 이미 도시에는 뱀교의 뿌리가 깊게 박혀 있었다. 현세에 불만이 많은 자들은 다른 세상을 갈구했다.

"바한, 다음은 어디로 가야 하지?"

트리키가 옷소매를 다듬으며 말했다.

"오늘은 여기까지 하는 게 좋을 것 같습니다, 방주님."

"아니, 날 기다리는 사람이 많아. 킬리오스 덕분에 내게 시간이 더 주어졌지. 난 그 시간을 낭비할 수 없네."

트리키가 유릭을 힐끗 보며 웃었다.

"방주님의 뜻이 그러하시다면……."

바한이 하수도로 가는 길을 찾았다. 뱀교도들이 주로 다니는 길은 하수도였다. 더럽고 냄새가 나지만 그만큼 안전했다.

"따라오시겠소? 킬리오스."

트리키가 유릭을 향해 손을 뻗으며 말했다. 유릭은 트리키에게 흥미가 생겼다.

"물론이지."

유릭도 트리키를 따라 하수도로 내려갔다. 바한과 제자 세 명이 함께 행동했다.

'뱀교는 치밀해. 이 도시의 지하를 지배하고 있어.'

무소불위의 권력을 가진 황제조차 뱀교 때문에 고민할 정도였다.

화르륵.

바한이 앞장서며 횃불을 들었다. 그들은 오물이 적은 갓길로 움직였다.

'확실히 내가 아니면 이런 일을 할 사람은 없겠어.'

유릭이 문명인이었다면 일찌감치 쫓겨났을 것이다. 태양전사라면 뱀교의 교리설파를 참지 못하고 난동을 피울 게 분명했다.

앞장서던 바한이 잠시 걸음을 멈췄다. 그가 횃불을 앞으로 뻗어서 시야를 확보했다.

"시체로군."

오물 위로 시체 하나가 둥둥 떠다녔다. 하수도에서는 흔한 일이었다. 하수도에 시체를 버리면 찾기 힘들기에 종종 시체가 하수도에 떠다니곤 했다.

일행 중에서 시체를 본다고 놀라는 사람은 없었다. 그들은 담담하게 계속 걸었다.

스스스.

유릭이 뒤를 돌아봤다. 그는 머리카락이 곤두서는 느낌을 받았다.

"음?"

유릭이 눈을 가늘게 뜨며 고개를 비딱하게 기울였다.

움찔.

유릭이 씨익 웃었다. 그는 지나쳤던 시체 쪽으로 걸어갔다.

뿌드드득!

척추가 부러지는 소리가 났다. 유릭은 오물 위에 떠다니던 시체의 허리를 그대로 밟아서 분질렀다. 오물이 철퍽이며 소란이 일었다.

"무, 무슨 일입니까?"

바한이 유릭 쪽을 보며 말했다. 유릭은 척추가 부러진 시체를 들어 올렸다. 시체인 줄 알았던 사내가 눈을 뜨고 거품을 물고 있었다.

"끄, 꺼어어억."

척추가 부러진 사내가 믿기 힘들다는 얼굴로 유릭을 쳐다봤다.

'어떻게 알았지?'

완벽한 위장이었다. 숨도 쉬지 않고 죽은 척했었다. 하지만 유릭은 시체가 살아 있는 인간이라는 걸 간파했다. 그저 경험으로 축적된 전사의 촉이었다.

뿌득.

유릭은 사내의 목을 잡아서 맨손으로 목뼈까지 비틀었다.

"일행이 더 있을 거야. 주변을 경계해."

유릭이 차분하게 말했다. 그의 말이 맞았다. 하수도의 벽면이 일렁였다. 횃불과 무기를 든 자들이 슬금슬금 나타났다.

'제국군이 아니야.'

상의를 벗은 습격자도 있었는데, 그의 몸에는 뱀문신이 새겨져 있었다.

'이게 어찌 된 일인지 모르겠지만, 뱀교가 뱀교를 습격하는군.'

유릭이 정말로 죽어버린 시체를 내려놓으며 고개를 들어서 습격자들을 바라봤다.

바한과 제자들이 트리키를 보호하는 모양새로 서 있었다. 그들은 난감한 얼굴로 습격자들을 바라봤다.

싸움에 익숙해 보이는 습격자가 여섯 명이었다. 그들과 달리 트리키와 그의 제자들은 싸움에 취약했다. 기껏해야 체격이 좋은 바한이 몽둥이를 들어 올리며 싸울 준비를 했다.

'큰일이다. 어떻게든 방주님만큼은 보호해야 돼.'

바한은 과거에는 전사였지만, 노련한 전사 여섯 명을 상대할 자신은 없었다.

"여기가 네 거짓의 종말이다, 사기꾼 트리키."

습격자가 말했다. 식은땀을 흘리는 트리키 대신에 맨 뒤에 있던 유릭이 대답했다.

"……내가 없었다면 말이지."

유릭이 일행을 헤치며 앞으로 나왔다. 그는 습격자와 대치하고 있는 바한의 어깨를 툭툭 쳤다.

"키, 킬리오스?"

유릭이 바한의 몽둥이를 빼앗아 들었다

부- 웅!

한 손으로 몽둥이를 휘두르는데도 살벌한 소리가 났다.

유릭이 가볍게 몸을 풀면서 적들을 응시했다. 여섯 명이지만 전혀 두렵지 않았다. 하수로의 통로는 좁았고, 뒤에는 미력하지만, 전력이 될 만한 바한이 있었다.

'제대로 무장한 적도 아니야.'

습격자들도 빈민답게 조촐한 무장이었다. 맨몸에다가 조잡한 단도나 둔기를 들고 있는 게 전부였다.

"내 뒤에 잘 숨어 있어."

유릭이 한 걸음 나아갔다. 다른 사람들의 눈에는 유릭이 훨씬 더 커 보였다. 위압감은 사람을 커 보이게 한다. 유릭은 그런 위압감을 자유자재로 쓸 줄 아는 전사다.

"어?"

습격자는 어느새 코앞까지 온 유릭을 바라봤다. 유릭이 몽둥이를 크게 휘둘렀다.

콰— 직!

한 방이면 충분했다. 커다란 몽둥이가 칼보다 빠르게 움직였다. 몸뚱이를 얻어맞은 습격자가 하수도 벽까지 날아가더니 처박혔다.

"커, 커어억."

살이 뭉개지고 뼈가 부러졌다. 살아 있는 게 더 고통이었다. 살아남아도 반병신이 될 게 분명했다.

"저놈부터 죽여."

습격자들이 유릭을 가리키며 외쳤다. 그들은 피곤죽이 된 동료를 보고 겁먹지 않았다.

"오오, 용맹하군. 와라."

유릭이 입가에 미소를 띠며 다리를 벌렸다. 그가 우직하게 서서 달려오는 습격자와 맞섰다. 몽둥이를 한 손으로 크게 휘두르며, 남은 팔다리로는 적을 때리고 걷어찼다. 혼자서 여러 명과 뒤엉켜 난전을 벌였다. 사자와 늑대 무리가 싸우는 것 같았다.

'무지막지하게 강하군.'

바한이 눈을 크게 떴다. 그가 도와줄 필요도 없었다. 한때는 바한도 전사였다. 사막의 전사로 적들과 맞서던 시절이 있었다. 트리키의 제자가 된 이후로는 무기를 거의 쥐지 않았으나, 가끔은 무력이 필요할 때도 있었다.

바한은 유릭이 얼마나 뛰어난 전사인지 알았다. 힘만 강한 게 아니라 교묘하게 움직이면서 적들의 공격을 피했다. 다수의 상대를 앞에 두고도 능숙하게 싸웠다. 다수와 싸워본 경험이 무척이나 많은 게 분명했다.

쿵!

유릭이 쓰러진 습격자의 머리를 몽둥이로 빻았다. 흐르는 오물을 타고 뇌수가 질질 흘러내렸다.

"후욱, 후욱."

유릭이 눈동자를 번들거리며 주변을 둘러봤다. 숨을 쉴 때마다 그의 어깨가 크게 들썩였다.

'한 명 정도는 살려두는 게 좋았나.'

유릭은 뒤늦게 후회했지만, 이미 습격자들은 전부 죽었다.

"대단하군."

바한이 유릭 옆으로 다가오며 말했다.

'마음만 먹으면 우리도 전부를 쓸어버릴 수도 있겠군.'

바한은 유릭을 믿어야 했다. 지금 상황에서 유릭이 적이라고 해봐야 바한이 어찌할 도리가 없었다.

"왜 뱀교가 뱀교를 공격하는 거지?"

유릭이 시체 하나를 들어 올리며 물었다. 시체의 어깨에는 뱀문신이 있었다.

"그자들은 방주님을 구원자로 인정하지 않는 이들입니다."

바한이 이맛살을 찌푸렸다.

"구원자로 인정하지 않아? 호오?"

"일단은 다른 은신처로 가야 할 것 같습니다. 놈들에게 위치가 들켰을 수도 있으니까요."

바한이 가죽으로 만든 지도를 펼치며 말했다. 그들이 탐험한 하수도의 길이 촘촘하게 그려진 지도였다. 가죽에 묻은 시커먼 때만 봐도 얼마나 오랫동안 도시의 지하를 방랑했는지 알 수 있었다.

"뱀교는 지금 두 파벌로 나뉜 상태입니다. 방주님을 구원자로 인정하는 방주파와 아까처럼 방주님을 인정하지 않는 근본파입니다."

"두 파벌로 나뉘었다고?"

유릭은 바한의 설명을 들으며 턱을 매만졌다.

"우린 구원자인 방주님을 통해 모든 사람을 다음 세계로 인도할 수 있다고 믿습니다. 하지만 근본파들은 방주님을 거짓 구원자로 단정하고 우릴 적대하고 있죠."

바한이 다시 한번 가죽 지도를 살피며 길을 찾았다. 그들은 도시 한복판에 마련된 다른 은신처로 향했다. 유릭이 봐도 교묘한 은신처였다. 어지간해선 잡지 못할 터다.

'이러니까 제국군이 찾질 못하지.'

제국군에겐 근본파든 방주파든 상관없이 다 잡아야 할 뱀교였다.

"현세는 잘못된 세상입니다. 평등하지도 공정하지 않죠. 태양교의 말대로 신이 우리 인간을 사랑한다면 어째서 이런 고통스러운 세상을 만들어놓고 살아가라고 말할 수 있을까요?"

바한이 인상을 찌푸리며 말했다. 현세는 잘못된 세계다. 그것이 뱀교의 핵심이었다. 근본파든 방주파든 그 이념만큼은 공유하고 있었다.

"얼마나 오래 걸리든 우린 방주님을 통해 모든 인간을 구원

할 겁니다. 언젠가는 잘못된 세상을 파괴하고, 굶주림도 가난
도 없는 다음 세상으로 나아가겠죠."

"지금 세상이 잘못되었다라……."

유릭이 중얼거렸다. 그렇게 생각해 본 적은 한 번도 없었다.
인간은 태어나는 순간부터 세상에 내던져진다. 아무런 보장도
없이 세상과 싸워간다.

유릭은 전사였고, 투쟁하는 삶이 당연하다 생각했다. 세상
이 어떤 악의를 가지고 있더라도 그걸 버텨내는 게 전사의 삶
이었다.

'하지만 이들은 세상 자체가 잘못된 거라 말하는군.'

유릭은 그런 생각이 참신했지만, 마음에 들지 않았다. 허무
한 결론이었다. 세상을 파괴하고자 하는 그들의 생각은 전사
답지 못했다.

"근본파는 타인의 구원에는 관심이 없습니다. 자신들만 현
세에서 벗어나면 그만이라고 생각하죠. 그것도 모자라 방주님
을 거짓 선지자라 말하며 죽이려고 드는 개자식들……."

바한의 말이 험해졌다. 뒤에서 듣고 있던 트리키가 목청을
높였다.

"바한! 말조심해라! 뜻이 다르지만 같은 형제들이다!"

"어떤 형제가 서로를 죽이려고 듭니까!"

격해진 바한도 말대꾸했다. 유릭이 뺨을 긁적였다.

"이곳에서는 형제끼리 서로 잘 죽이던걸."

문명의 귀족사회에서는 피붙이만큼 위험한 존재가 없었다. 작위나 왕위는 하나지만, 형제가 여럿이라면 필연적으로 다툼이 일어난다. 어린 시절의 정이나 혈연은 의미가 없었다. 재산이 얽혀 있다면 피붙이는 때론 남보다 못한 존재가 된다.

'차라리 가진 게 없다면 형제끼리 서로 등을 맞대고 의지하겠지. 가진 게 많은 것도 피곤하군.'

유릭이 트리키를 바라봤다. 트리키의 말이 맞았다. 왕도 귀족도 고통받으며 사는 건 마찬가지다. 파헬이 행복하게 왕위를 얻었던가? 유릭이 만나본 귀족들은 다들 행복하던가? 모두가 각자의 고뇌와 고통 속에서 괴로워했다.

'빈민이든 왕이든 모두 고통 속에서 살지.'

세상의 주인이라 불리며 모든 걸 가진 황제 얀키누스조차 선대 황제들에게 짓눌려 업적을 쌓아야 한다는 강박관념에 시달렸다. 선대를 뛰어넘는 업적을 살아생전에 이루지 못한다면 그는 불행하게 죽을 것이다.

유릭의 눈동자는 유리알처럼 투명했다. 그는 고요한 상념에 빠졌다.

"킬리오스, 다 왔소."

트리키가 유릭의 팔을 잡으며 말했다.

"어, 그래."

유릭이 정신을 차리며 새로운 은신처를 바라봤다.

"당신이 아니었다면 내 제자들이 많이 다쳤을 거요."

트리키는 유릭의 손을 잡으며 감사해했다. 유릭은 트리키의 진심 어린 사과에 기묘한 느낌을 받았다.

'구원자…….'

뱀교도는 트리키를 구원자라 말했다. 사제나 주술사 같은 개념보다 영적으로 더 높은 위치였다.

'나는 종교인에게 약하니까 말이야.'

유릭이 뒷덜미를 긁적였다.

은신처에 도착하고 나서도 트리키와 제자들은 쉬지 않았다. 특히 트리키는 종이 위에다가 무언가를 열심히 적고 있었다.

유릭이 물끄러미 쳐다보자 트리키가 잠시 쉬며 말했다.

"이건 앞으로 지침이 될 경전이오."

"경전?"

"이번에 느꼈소. 만약 내가 이대로 죽어버리면 남은 제자들은 어떻게 될까? 내가 했던 말에 오해가 있진 않았을까? 어쩌면 여러 파벌로 나뉘어서 싸울지도 모르오. 그런 불상사를 막기 위해 경전을 쓰고 있소. 내가 없어도 내가 있는 것처럼 행동할 수 있게 말이오. 태양교에서는 오래전부터 이런 경전을 쓰고 있었소."

"제국의 글자를 쓰고 있군."

유릭이 알아보며 말했다.

"부끄럽지만 우리에겐 글자가 없소. 글자를 빌려올 수밖에 없지."

유릭이 고개를 끄덕였다. 그가 문명세계에 와서 가장 먼저 배운 것 중 하나가 문자다. 글자만 있다면 시간과 공간에 구애받지 않고, 왜곡 없이 말을 온전하게 전할 수 있다. 그건 무척이나 대단한 일이다.

"거기 철자가 틀렸어."

유릭이 트리키가 틀린 글자를 지적하며 말했다. 트리키가 눈을 크게 떴다.

"문자를 알고 있었소?"

"틈만 나면 공부했어. 어지간히 읽고 쓸 줄은 알아."

"의외로군. 정말로 의외야."

트리키가 중얼거렸다. 유릭의 행색만 보면 문자와는 완전히 동떨어진 사내였다. 평범한 야만전사가 제국 글자에 관심을 가질 리가 없었다.

"언제부터 구원자가 된 거야?"

유릭이 창가에 앉으며 말했다. 이제는 유릭에 대한 감시가 느슨했다. 의심한다고 해서 유릭을 막을 수 있는 자도 없었다.

"나는 원래 뱀교의 주술사였소. 근본파와 다를 바가 없었지. 하지만 고향을 잃고 뱀교에 대한 회의가 들었소. 태양교로도 개종을 하고 공부했으나 그곳에서도 진정한 구원을 찾지 못했지. 나는 방랑하면서 많은 걸 배웠고, 어느 날 꿈을 꿨소. 모든 사람, 인류 전체가 다음 세상으로 나아가는 꿈 말이오. 그곳에는 고통이 없었지. 꿈은 한 번으로 끝나지 않았소. 내가 자각할 때까지 반복해서 매일 밤……"

트리키가 멍하니 어두운 벽을 바라봤다.

"나는 다시 동포들을 찾았소. 뱀교의 낙인이 찍혀 박해받고 방황하는 자들, 어디서 구원을 얻어야 할지 모르며 정해진 길도 없이 그저 세상에 떠밀린 채로 살아가는 불쌍한 동포들이었지. 어느새 나는 방주라 불리며 구원자가 되었소. 물론 이런 나를 싫어하는 동포도 많지만."

유릭이 팔짱을 끼고는 고개를 기울였다.

"흠."

트리키에게서 뚜렷한 신념이 보였다. 유릭은 저런 자들을 몇 번이나 봐왔었다. 죽음의 공포조차 이겨내는 믿음이 있는 자들이었다.

"킬리오스, 언제까지 여기에 머무를지 모르겠지만, 내일은 같이 행동하는 게 좋을 거요."

"어째서?"

"내일은 꽤 좋은 음식을 먹을 수 있을 테니까. 부디 내게 당신을 대접할 수 있게 해주시오."

트리키가 옅게 웃었다.

'기묘하군.'

유릭은 트리키의 웃음을 바라봤다.

뱀교의 주술사였던 사내는 태양교를 공부하고 나서 다시 뱀교로 돌아왔다. 방주파 뱀교는 태양교의 영향을 받아 야만성을 잃고, 문명인도 납득할 만한 보편적인 구원관을 가졌다.

'그나저나 내일 좋은 음식을 먹을 수 있다니, 그게 무슨 말일까……'

유릭은 트리키가 경전을 작성하는 걸 돕다가 잠들었다.

"끄응."

유릭은 이불을 젖히며 눈을 떴다. 그가 코를 킁킁거리며 무슨 냄새를 맡았다.

'맛있는 냄새가 나는걸.'

아직 시간은 한밤중이었다. 식사를 할 만한 시간은 아니었다.

'트리키?'

냄새는 트리키의 방에서 나고 있었다. 안에서 묘한 소리가 들렸다.

으적, 으적.

무언가를 먹는 소리였다. 유릭은 발걸음을 죽이곤 천천히 걸었다.

유릭은 눈동자를 굴리며 문틈 사이를 응시했다. 눈을 몇 번이나 깜빡이며 방 안을 관찰했다. 트리키가 등을 돌린 채로 무언가를 열심히 먹고 있었다.

'혼자서 뭘 저렇게 맛있는 걸 먹는 거야? 온갖 성인인 척하더니, 제자들 놔두고 혼자서 몰래 먹는 건가?'

유릭이 툴툴거리며 트리키의 손을 쳐다봤다. 그 순간 유릭의 눈동자가 빳빳하게 굳었다.

'인육.'

트리키의 손아귀에는 잘 삶은 아기의 다리가 있었다.

'뱀교는 아기를 제물로 바치며 잡아먹는다.'

그 말이 유릭의 머릿속을 맴돌았다.

뱀교의 탄생지는 척박한 사막이었다. 그들은 남부에서 박해받으며 밑바닥에서 굶주렸다. 피 한 방울, 살점 하나조차 아까운 그곳에서 식인이란 익숙한 풍습이었으리라.

"킬리오스, 여기서 뭘 하는 겁니까?"

유릭의 등 뒤에서 바한의 목소리가 들려왔다. 등골이 서늘했다. 본능적으로 무기를 들려다가 맨손인 걸 알고 주먹을 쥐었다.

"바한, 옆에 여자는 뭐야? 나도 밤이 외로운데 좀 넣어주지 그랬어?"

유릭이 눈동자를 돌리며 빈정거렸다. 바한 옆에는 허름한 차림새의 여자가 있었다.

끼릭.

바한이 뭐라 대답하기도 전에 문이 열렸다. 방 안에 있던 트리키가 눈동자를 굴리며 바한과 유릭을 쳐다봤다.

"여기서 뭐 하는 거요."

트리키가 먼저 유릭에게 물었다.

"맛있는 냄새가 나서 말이지. 혹시 그게 대접하겠다는 좋은 음식인가? 그렇다면 나는 아주 실망했어. 내게 인육을 즐기는 습관은 없거든."

유릭이 그리 말하자, 트리키와 바한이 서로의 눈치를 살폈다. 분위기가 흉흉했다. 유릭이 당장에라도 손을 들어서 주변을 제압할 기세였다.

"오해가 있소, 킬리오스."

"오해?"

유릭이 비틀린 미소를 지었다. 아기를 납치해 잡아먹는다. 인육을 먹는 건 유릭에게 문제가 되지 않았다. 상황이 여의치 않으면 인육 따위 얼마든지 먹을 수 있다. 그렇게라도 살아남는다면 그게 옳다.

'하지만 이런 상황에서는 아니지.'

식인은 야만인들도 최후의 순간에 택하는 수단이다. 그들도 본능적으로 동족포식을 꺼림칙하게 여기기 때문이다. 하물며 아기를 납치해서 잡아먹는 짓은 유릭의 고향에서도 듣도 보도 못했다.

"그럼 이 솥에 있는 건 뭐야?"

유릭이 트리키를 밀치며 방으로 들어갔다. 그가 뜨거운 솥 안에 손을 넣어서 푹 삶은 고깃덩어리를 꺼냈다. 아직도 아기의 형체가 희미하게 남아 있었다.

"당신이 생각한 대로 인육이오."

트리키는 부정하지 않았다.

"트리키, 지금까지 나한테 했던 말과 행동이 전혀 맞지 않는군."

"방주님께 말조심하십시오!"

바한이 유릭의 팔뚝을 붙잡았다. 그가 눈을 부라리며 유릭을 쳐다봤다.

"식인하는 구원자라, 이거 참 색다르군."

유릭이 고개를 좌우로 흔들었다. 우득우득 하는 소리가 났다.

"…제 아이는 잘 들어갔습니까?"

바한의 옆에 있던 여자가 갑자기 주저앉으며 말했다. 그녀가 트리키의 옷깃을 붙잡으며 서럽게 울어댔다.

"그 아이는 저와 함께 다음 세상으로 갈 겁니다. 저와 하나가 되었으니까요."

트리키가 여자를 위로하며 말했다.

'저 여자의 아이를 방금 트리키가 먹은 건가? 그런데도 저

여자는 트리키를 미워하지 않아.'

당황한 유릭이 솥 안으로 아이를 다시 집어넣었다. 트리키가 유릭에게 눈총을 줬다.

"아이의 어미에게 못 보여줄 걸 보였소, 킬리오스."

트리키가 살짝 화를 내며 말했다. 유릭은 어찌 된 영문인지 몰라 두리번거렸다.

바한은 슬피 우는 여인을 부축하며 방을 떠났다. 트리키가 한숨을 쉬며 솥 앞에 다시 앉았다.

으적.

트리키가 꾸역꾸역 인육을 먹어댔다. 토할 것처럼 구역질하면서도 고기를 끝까지 삼켰다. 유릭은 그 광경을 뒤에서 지켜봤다.

"어째서 저 여인은 자신의 아이를 잡아먹는 사람을 보고도 증오하지 않는 거지?"

트리키가 뒤도 돌아보지 않았다. 그는 먹는 게 힘겨운지 숨을 몰아쉬었다.

"이미 이 아이는 태어날 때부터 죽어 있었소. 건강을 돌보지 못하는 사창가에서는 흔한 일이지. 사리분별도 못 하는 아이가 루에게 이끌려 윤회하기 전에… 영혼이 남아 있는 피와 살을 먹어서 거두는 거요. 이것도 방주의 역할이지. 방주는 모든 사람의 영혼을 거두어 다음 세상으로 데려가는 구원자요."

트리키는 몇 번이나 구역질했다. 배가 가득 찼는데도 억지로 먹어댔다. 구역질하면서도 필사적으로 입을 막고 고깃덩이를 삼켰다. 뱀교의 오래된 식인문화와 구원신앙이 합쳐진 결과였다.

트리키는 눈조차 뜨지 못하고 죽은 아기를 위해 그 시신을 먹었다. 문명인이 본다면 기괴하기 짝이 없지만, 트리키 나름대로 오랜 생각 끝에 내린 결론일 터다.

뱀교에서는 인간의 영혼과 생명력이 피와 살을 통해 옮겨간다고 믿는다. 아마도 메마른 황무지와 혹서의 사막에서 태동한 신앙인지라 식인이 잦았기 때문이리라.

"이 아이는 나와 함께 고통 없는 세상으로 갈 거요. 으읍."

트리키가 상체를 숙이며 구역질을 했다. 그는 황급히 물을 마셨다. 그의 몸은 메말랐으나 배만 올챙이처럼 튀어나왔다.

유릭은 트리키를 가만히 지켜봤다. 만약 그가 문명인이거나 태양전사였다면 벌써 트리키의 목은 달아났을 터다. 그들 입장에서는 어떤 말을 해도 아기를 먹는 트리키가 괴물로만 보일 것이다.

유릭은 고요히 밀려오는 혐오감과 스며드는 경건함 사이에서 감정을 소비했다.

'이것 역시 하나의 방식인가.'

Chapter 8

태어날 때부터 모든 걸 다 가진 사내가 있었다. 누군가는 말도 안 된다고 말할지도 모르나, 제3대 황제 얀키누스는 태어나자마자 세상을 상속받을 운명이었다. 조부와 부친이 쌓아온 제국은 강건했고, 기묘하게도 얀키누스에게는 형제가 단 한 명도 없었다.

보통 사람이라면 평생을 박박 기어도 가지지 못할 부와 명예. 얀키누스는 너무나 손쉽게 모든 걸 얻어냈다. 세속의 물건이라면 가지지 못할 게 없었다.

"사람은 언젠가 수명이 다해 죽으나, 그 정해진 시간 동안 무엇을 남기느냐가 중요한 거지."

얀키누스가 말했다. 그는 불멸의 업적을 갈구했다. 자신의 조부와 부친처럼 역사에 이름을 남겨야 했다. 그저 운이 좋아 세상을 상속받은 그저 그런 황제로 남는 건 질색이었다. 그도 전대 황제들처럼 야욕이 있는 사내였다. 그들의 사나운 피가 얀키누스의 심장을 타고 흘렀다.

저벅.

얀키누스가 한 발자국 앞으로 나왔다.

백야궁, 속칭 열락궁이라 불리는 곳에 마련된 별실이다. 어두컴컴한 그림자에서 떨림이 느껴졌다.

"포를카나 왕가의 아름다움도 내 손에 들어왔군. 하지만 소문이 자자한 미색도 시간이 지나면 퇴색되는 법. 여자의 전성기는 짧으며, 여자들은 그 짧은 전성기 동안 필사적으로 아이를 낳아야 하지."

얀키누스가 촛불을 밝혔다. 별실 안에는 팔이 천장에 매달려 있는 다미아가 있었다. 그녀는 지친 얼굴로 얀키누스를 바라봤다.

"고약한 취미이십니다, 폐하."

다미아가 중얼거렸다. 그녀는 드레스를 입은 채로 천장에 매달려 있었다. 두 팔이 위로 묶여서 늘씬한 몸이 길게 늘어졌다.

"공주들은 두 부류지. 가정교육을 잘 받아서 고분고분하거나, 자신이 진짜로 왕족인 줄 착각하는 바보들. 진짜 왕족은 사내들뿐이다. 그 사내들조차 볼모로 붙잡혀 오가는 경우가 흔하거늘, 하물며 계집은 그저 정치적 도구일 뿐이지. 그런데도 자신이 왕족이라며 뭐라도 된 것처럼 콧대를 세워."

얀키누스가 가죽허리띠를 풀었다. 그가 가죽허리띠를 채찍처럼 잡더니 크게 휘둘렀다.

짜악!

허리띠가 다미아의 옆구리를 세게 치고 지나갔다. 다미아가 이를 악다물며 눈을 부라렸다. 그녀는 신음을 내지 않았다.

'미치광이.'

황제 얀키누스의 성적 취향은 정상이 아니었다. 그는 사타구니에 털이 나기도 전부터 온갖 미녀들을 안았을 터다. 방탕한 쾌락이란 쾌락은 전부 즐겼을 테니, 기이한 성적 기벽이 생기는 것도 당연했다.

꾸욱.

얀키누스가 다미아의 뺨을 잡아서 꾹 눌렀다.

"나는 네가 좋다, 다미아. 잘 만들어진 인형일수록 부숴 버리는 보람이 있지. 그 알량한 자존심을 보물처럼 소중히 간직해라. 내 욕구를 버티지 못하고 부서진다면, 저 아래층의 다른 계집들처럼 손님대접용으로 던져 버릴 테니까."

짝!

얀키누스가 손바닥을 들어서 다미아의 뺨을 때렸다. 그녀의 머리가 휙 돌아갔다. 입안이 터져서 핏물이 흘러나왔다.

'괴물.'

다미아는 얀키누스가 두려웠다. 하지만 내색하지 않았다.

'내가 겁을 먹고 굴복한다면 오히려 내게 흥미를 잃겠지.'

얀키누스는 그런 인간이었다. 이런 남자가 여자를 사랑할리 없다. 아니, 자기 자신을 제외하고는 인간으로 보지도 않는듯했다.

'모든 남자가 자신의 도구이듯이, 모든 여자가 자신의 장난감인 거다.'

다미아는 얀키누스의 본질이 바라봤다. 몸을 섞을 때마저도 아랫도리가 뜨거워지기는커녕 차갑기만 했다.

"햇살처럼 빛나는 금발, 보석보다 찬란한 푸른 눈동자."

얀키누스가 언제 때렸냐는 듯이 다정하게 다미아의 머리를 쓸어 넘겼다.

"어쩐지 들뜨신 것 같군요."

다미아가 눈을 게슴츠레하게 떴다. 제국의 생활은 생각 이상으로 가혹했다. 성적 노리개가 될 거라곤 생각했지만, 이건 그 이상이었다.

'바르카, 너는 내가 이런 취급을 당할 걸 알고 보낸 것이냐? 만약 알았다면 너는 이미 훌륭한 왕이로구나.'

다미아가 하나뿐인 동생을 생각했다.

"아, 그러고 보니 재미난 사내와 만났다. 너도 들으면 좋아하 겠지."

"재미난 사내라면?"

다미아가 천장에 매달린 채로 대답했다. 슬슬 팔이 빠질 것 처럼 아팠다.

"유릭."

얀키누스가 그 말을 내뱉고는 다미아의 안색을 살폈다.

'유릭.'

다미아가 최대한 표정을 숨겼다. 그러나 얀키누스는 미묘한 비틀림을 벌써 알아챘다.

"네가 참으로 싫어하는 사내지."

얀키누스의 입꼬리가 찢어지라 올라가 있었다.

"이젠 지나간 일입니다."

다미아가 담담하게 말했다. 황제가 본색을 숨기고 있을 때 는 그를 이용해 보고자 알량하게 침대에서 속삭였던 적이 있 었다. 그게 얀키누스의 노림수라는 건 추호도 몰랐었다.

"그 사내에게 골칫덩어리를 하나를 맡겼어. 일을 잘하고 오 면 포상을 줘야겠지."

얀키누스가 다미아의 옷자락 밑으로 손을 넣었다.

찌이이익.

드레스가 찢어졌다. 멍든 다미아의 속살이 드러난다. 그간의 밤일이 어땠는지 훤했다.

"만약 네가 유릭에게 안긴다면 어떤 표정으로 울어댈까?"

"저는 폐하의 첩입니다. 그깟 야만인에게 안긴다면 폐하의
명예에도 누를 끼칠……."

다미아가 필사적으로 말했다.

"닥쳐, 나는 철천지원수에게 안겨 울부짖는 너를 보고 싶을
뿐이다. 나머진 아무래도 좋아."

얀키누스가 웃었다. 생각만 해도 짜릿했다. 오랜만에 가학
적 욕망이 끓어올랐다.

다미아의 얼굴도 서늘하게 변했다. 눈동자가 증오를 머금었
다.

"바로 그 얼굴이 보고 싶었던 거다. 그게 내 입맛을 당기게
하지. 진심으로 나를 미워하는 여인을 안는 건 남자에게 있어
서 하나의 정복이지."

얀키누스가 칼을 들어서 천장과 연결된 밧줄을 끊었다.

쿵.

땅에 떨어진 다미아가 몸을 추스르기도 전에 얀키누스가
욕망을 토해냈다. 부드러운 여인의 살이 바닥에 닿아 멍이 드
는데도, 얀키누스는 그 어떤 배려조차 하지 않았다. 자신의 욕
망보다 중요한 건 없다는 듯이 다미아의 목을 조르며 쾌락의
숨을 토했다.

'제국의 심장에 살고 있는 끔찍한 괴물.'

다미아가 숨을 헐떡였다. 정신이 오락가락하며, 아픔과 쾌락이 뒤엉켜서 머리가 멍했다.

'언젠가 죽여 버리겠어.'

아침이 밝았다. 꾸벅꾸벅 졸던 유릭이 눈을 떴다. 그는 잠의 여운에 취하지 않고 바로 정신을 차렸다.

'여긴 안전하지 않아.'

유릭은 어디까지나 황제가 보낸 첩자다. 지금은 유릭에게 호의적인 트리키와 바한도 언제 돌변할지 모른다.

"체했군. 그럴 줄 알았어."

유릭이 커다란 손으로 트리키의 등을 툭툭 쳤다.

"이 정도는 일상이오."

트리키가 애써 몸을 일으켰다.

"오늘은 내게 좋은 걸 먹여준다면서?"

유릭이 어깨를 으쓱으쓱하며 말했다.

트리키는 고개를 끄덕였지만, 바한은 불안한 듯이 트리키 옆에 서서 속삭였다.

"정말로 킬리오스를 데려가실 생각이십니까?"

"저자는 우리 목숨을 구했네. 그것만으로도 믿을 이유가 충분하다, 바한."

바한은 입을 다물었다. 제자는 조언을 하지만, 결정하는 건 방주의 일이다.

'방주님께서 결정하셨다.'

바한이 물끄러미 유릭을 바라봤다.

"지금부터는 함부로 행동해선 안 됩니다. 격식을 갖춰주십시오."

"어디 귀족 나리라도 만나는 거야? 의외로 높으신 분들과 만나는 건 익숙하다고."

유릭이 신이 나서 말했다. 뱀교와 행동한 이후로 식사가 계속 마음에 들지 않았다. 유릭은 거구의 야만인이었고, 체격을 유지하려면 그만큼 먹어야 했다. 유릭은 아직도 성장기였고, 영양섭취에 용이한 문명세계에 온 뒤로는 덩치가 더욱 커졌다.

"……되지도 않는 허세는 그만두십시오. 그저 방주님 뒤에서 자리만 지키면 됩니다."

바한이 짜증스럽게 말했다.

'오늘 만날 사람은 중요해. 저자가 사고를 치지 않으면 좋으련만…….'

뱀교는 도시 깊숙이 침투했고, 많은 하층민을 포섭했다. 하지만 포교를 하고 영향력을 넓히려면 필연적으로 권력을 가진 귀족의 힘이 필요했다.

오늘은 오랫동안 공들인 일의 결실을 보는 날이었다. 바한은 왼쪽 가슴에 새겨진 뱀문신을 매만졌다.

'뱀은 허물을 벗을수록 더 강대해지니…… 육체를 벗어던지는 걸 두려워하지 말지어다.'

바한이 질끈 감았던 눈을 떴다. 같은 뿌리에서 나온 형제들끼리 싸우면서도 방주파는 구원을 추구했다.

'과거의 뱀교는 사라질 수밖에 없다.'

방주파는 개혁파이며, 근본파는 보수파였다. 부족신앙 수준을 고집하는 근본파에는 제대로 된 경전도 없으며, 구전으로 전해진 신화뿐이다. 무엇보다도 근본파는 먹을 게 비교적 풍부한 지금에 이르러서도 인신공양과 식인행위를 장려했다.

근본파는 인간을 먹음으로써 자신의 생명과 영혼을 더 강해진다고 믿었다.

'그런 이기적이고도 무차별적인 식인은 다른 이들의 미움을 살 뿐이야.'

방주파에서는 아주 제한적인 상황에서만 식인을 허용했다. 여러 이유로 다음 세상으로 가지 못하는 영혼을 데려가기 위한 수단이었다.

'뱀교가 살아남으려면 개혁뿐이다.'

바한이 트리키를 바라봤다. 트리키는 뱀교의 주술사이면서도 태양교에 몸을 담았다가 돌아왔다. 트리키는 태양교가 다수종교가 될 수 있었던 요소들을 가져와 뱀교에 적용했다.

"바한, 길을 안내해라."

하수도로 들어간 트리키가 말했다. 이번에는 빈민가에서 벗어나기에 하수도를 오랫동안 걸었다. 지상으로 올라갔다가 다른 하수도로 내려가기도 했다.

'서서히 뱀교의 중심에 접근하는 건가.'

유릭은 이미 뱀교에 대해 많은 걸 알았다. 황제의 임무가 아니더라도 유릭의 호기심이 동했다. 그는 아직도 자신이 머물 사후세계를 찾지 못했다. 아무리 감화되더라도 그의 근본은 하늘산맥 너머에 있었다.

하수도 끄트머리에 불빛이 일렁였다. 바한이 일정 간격으로 햇불을 좌우로 흔들었다. 끄트머리에서도 햇불을 규칙적으로 흔들었다.

"바한 그리고… 소문의 구원자님이시군요. 주인님께서 기다리고 계십니다. 뒤에 계신 분은?"

좋은 옷을 입은 사내가 말했다. 바한이 머뭇거리다 대답했다.

"방주님이 신뢰하는 일행입니다, 이름은 킬리오스라고 합니다."

바한이 유릭을 대신 소개했다. 사내가 껄끄러운 얼굴로 유릭을 쳐다봤다.

"우리를 믿지 못하고 호위 역을 데려온 느낌이군요."

"결코, 그런 게 아닙니다."

바한이 애써 변명했다.

"어쨌든 주인님께선 당신들을 만나고 싶어 하니 따라오시죠."

사내는 뱀교가 내키지 않는 듯했다.

'귀족의 시종이로군. 만날 사람이 귀족이란 소리지. 뱀교의 영향력이 닿은 귀족이 있다니…… 황제가 알면 경을 치겠군.'

유릭이 눈동자를 굴렸다. 길을 몇 번이나 빙빙 돌아갈 정도로 은밀한 만남이었다. 뱀교든 귀족이든 목숨이 오가는 일이었다. 의심에 가득 찬 회동이었다. 서로를 믿고 싶으나, 믿지 못하는 이들이 만난다.

끼릭.

지하실의 문이 열렸다. 칙칙한 지하라는 게 무색할 정도로 촛불이 화려하게 일렁이며 잘 준비된 만찬이 보였다.

"발도르 백작님."

트리키가 들어가자마자 상체를 숙였다.

"아, 아아. 제게 예를 갖출 필요가 없습니다. 방주님!"

기다리고 있던 발도르 백작이 황급하게 트리키 앞으로 뛰어왔다.

"드디어 뜻깊은 만남을 이룰 수 있게 됐습니다."

발도르 백작이 트리키 일행을 만찬 자리로 이끌었다. 바한은 바짝 신경을 곤두세우며 주변을 둘러봤다.

'여차하면 방주님이라도 빠져나가게 해야 돼.'

바한은 아직 발도르 백작을 완전히 믿지 못했다. 제국귀족인 그가 가문이 쇠락할지도 모르는 도박을 하고 있었다.

'어쩌면 제국의 함정일지도 몰라.'

주변을 둘러보던 바한이 트리키 옆자리에 앉았다.

"방주님의 이야기를 여러 번 들었습니다. 사실 지하감옥에 계신다는 걸 듣고 제가 직접 구출하려고까지 했습니다. 이래 봬도 연줄이 여럿 있어서요."

발도르 백작이 친밀감을 담아 말했다. 인사차 이야기가 오갔다. 발도르 백작은 자신이 얼마나 트리키와 만나길 고대했는지, 뱀교에 대한 믿음이 깊은지에 대해 떠들었다.

"정확히 말하자면 제가 믿는 건 뱀교가 아닙니다. 방주님의 사상이지요. 잘못된 세상에서 살아가는 이들을 구원해 다음 세상으로 간다는 그 말을 듣고, 저는 눈을 번쩍 떴습니다. 루의 품에 안겨 윤회를 하더라도 제가 행복할 거란 보장은 그 어디에도 없지요. 어쩌면 빈민으로 태어나 평생을 고통받다 죽을지도 모릅니다. 이렇게 많은 사람이 고통받으며 살아가는 세상이 정상일 리가 없죠."

발도르 백작이 강렬하게 말했다. 트리키도 눈을 크게 뜨며 발도르 백작을 쳐다봤다.

'내가 하고자 하는 말을 정확하게 이해하고 있어. 단순히 겉 핥기로 나를 보자고 한 건 아니군.'

발도르 백작은 태양교에 대한 믿음을 잃어버린 귀족이었다. 그는 중년에 접어든 나이인데도 후사가 없었다. 자신이 평생 일궈온 작위와 영지가 얼굴도 몇 번 보지 못한 조카에게 넘어 가기 직전이었다.

'루께서 나를 미워하시는 거겠지. 그렇다면 나도 루에게 봉 사하지 않겠다.'

아이를 갖지 못하는 건 신이 내린 형벌이었다. 친족과 귀족 들은 발도르 백작이 루에게 옳지 못한 일을 했다고 수군수군 떠들어댔다.

'당신은 그토록 충실한 종이었던 저에게 아이 대신에 오해 와 불신만 주셨지요.'

발도르 백작은 전사가 아니었기에 북부의 신에겐 구원받지 못했다.

태양교에 지친 사람들이 갈 만한 곳은 뱀교뿐이었다. 특히 개혁을 통해 방주파로 일컬어지는 뱀교는 태양교에 익숙한 문 명인이 보기에도 합리적인 교리를 가지고 있었다. 지하집회를 통해 퍼져 나가던 방주파의 가르침은 귀족사회까지 서서히 손 을 뻗었다.

'이거 상황이 재미있어지는걸.'

유릭은 웃음을 참으며 회동을 지켜봤다.

"감사합니다, 발도르 백작."

트리키는 발도르 백작의 협조에 감사를 표했다. 발도르 백작은 포교를 위한 지원을 약속했다. 앞으로 트리키가 활동하는 데 어려움이 없도록 자금을 지원할 생각이었다.

"제 주변에는 태양교에 불만이 가진 이들이 많습니다. 하지만 당장 뱀교를 믿으라고 말하긴 힘듭니다. 뱀교에 대한 오해와 편견은 오랫동안 뿌리 박혀 있기 때문이죠."

"알고 있습니다. 그리고 그 오해와 편견은 대부분 사실이기도 합니다, 발도르 백작."

"그런 부정적 소문을 달고 갈 필요는 없습니다. 어차피 중요한 건 방주님의 사상입니다……. 저는 뱀교라는 이름을 떼고 다른 명칭을 달았으면 합니다."

발도르 백작의 말에 바한과 트리키가 당황했다.

"갑작스러운 제안이군요. 뱀교라는 이름을 떼고 활동한다라……."

트리키가 턱을 매만졌다.

"방주님의 사상에서 뱀은 어차피 상징이자 비유입니다. 더이상 뱀 자체를 숭배하진 않죠."

문명인인 발도르 백작이기에 생각할 만한 발상이었다. 남부의 사막 출신인 트리키와 바한은 자신의 뿌리인 뱀교를 부정하기 힘들었다.

"하지만……"

바한이 뭐라 말하려고 했다. 발도르 백작이 강하게 추진했다.

"이름은 그저 겉치레입니다. 방주님! 중요한 건 고통이 없는 다음 세상과 모두가 함께 간다는 구원사상입니다."

발도르 백작은 어찌 보면 무례하게 굴었다. 하지만 그의 얼굴에는 열정이 가득했다.

'나는 새롭게 태동하는 신화 속에 있다.'

발도르 백작의 심장이 뛰었다. 어쩌면 태양교를 뛰어넘을 무언가가 이 자리에서 탄생할지도 모른다.

'방주 트리키, 당신은 새로운 상징이 되는 거다. 우리 모두를 이끌 구원자. 나는 그 옆에서 첫 번째 문명인 제자가 되는 거야.'

태양교에 대한 실망, 불멸의 명예에 대한 욕구, 새로운 구원에 대한 갈망. 그 모든 것이 발도르 백작을 이끌었다. 열광과 고양이 발도르 백작의 등 뒤에서 끓어올랐다.

'이 귀족은 진심이로군.'

거짓으로 속인다고 보기에는 어려운 기세였다. 바한도 어느새 의심을 거두고 교단의 방향성을 주제로 토론했다.

"뱀교와 거리를 둔 채로, 많은 귀족이 암묵적으로 교단을 지지한다면 제국도 더 이상 박해하진 못할 겁니다."

열변을 토하던 발도르 백작이 문득 유릭을 쳐다봤다.

'아까부터 덩치가 큰 저 사내는 말이 없군. 뱀교도가 아닌 가?'

유릭은 음식을 으적으적 먹기만 했다. 혼자서 음식을 절반이나 쓸어 담다시피 했다.

'지금은 저 사내가 중요한 게 아니지.'

발도르 백작은 다시 시선을 트리키 쪽으로 옮기려 했으나, 그는 황급히 유릭을 다시 쳐다봤다.

"아, 아?"

발도르 백작이 유릭을 빤히 쳐다봤다. 자세히 보니 어디선가 본 듯한 느낌이었다. 귀족들이 마상창시합을 보러 가면 가장 좋은 자리를 배정받는다. 참가자의 이목구비가 보일 만큼 가까운 자리다.

"어째서?"

발도르 백작이 유릭을 보며 입술을 파르르 떨었다. 이치에 맞지 않는 일이었다. 너무나 수상했다.

"무슨 일입니까? 백작?"

트리키가 눈을 동그랗게 떴다.

"저자는 믿을 만한 사람이 맞습니까?"

발도르 백작이 유릭에게 삿대질을 했다.

"그 손가락 부러지기 전에 치워."

유릭이 고기를 뜯어 먹다가 눈을 치켜뜨며 말했다. 화기애 애하던 분위기가 흉흉하게 변했다.

으적.

유릭이 송아지 뒷다리구이를 힘껏 잡았다. 그는 머리를 비 틀며 남은 고기를 뜯어 먹었다.

"내 목숨을 구한 사내요!"

트리키가 말했다.

"그럼 저자가 누군지도 알고 있겠군요. 유릭이라 불리는 야 만전사입니다. 문명사회에서도 꽤나 명성을 쌓았고 무시 못 할 지위를 가진 자죠."

발도르 백작이 그리 말하며 분위기를 읽었다. 트리키와 바 한은 놀란 눈이었다. 그들이 유릭의 정체를 몰랐다는 뜻이다.

유명하다는 건 언제나 좋은 일은 아니다. 적도 그만큼 쉽게 알아본다는 뜻이기도 했다.

'뱀교를 조사하면서 귀족을 만날 거라곤 황제도 예상치 못 했겠지.'

유릭이 천천히 몸을 일으켰다. 유릭의 얼굴을 알아보는 건 기사나 귀족들이다. 평민이나 빈민들은 유릭의 이름은 알지라 도 얼굴까지는 모른다.

"킬리오스?"

바한이 얼떨결에 말했다. 유릭은 고개를 저었다.

"아니, 내 이름은 유릭이다."

그 말을 들은 발도르 백작이 벽을 쿵 하고 쳤다. 바깥에서 대기하던 병사들이 우르르 달려왔다.

"변명해 보시오, 갑옷파괴자 유릭. 어째서 그대가 여기에 있는 거요?"

발도르 백작이 병사들 뒤로 숨으며 말했다.

"흠, 뱀교…… 를 믿는다고 해봐야 씨알도 안 먹히겠지?"

유릭은 자기가 말하고도 웃겨서 미소를 지었다. 그는 입을 다물며 송아지 뒷다리 뼈를 흉기처럼 들어 올렸다.

병사들 뒤에 숨은 발도르 백작이 눈을 가늘게 떴다. 그는 무술에 능한 귀족이 아니기에 한 걸음 물러났다.

'어째서 저자가 여기에 있는 거지?'

발도르 백작은 유릭을 알고 있다. 지금은 시들시들하지만, 몇 달 전만 해도 호사가들 입에 오르락내리락했던 인물이었다. 그 명성이 한창이었을 때 도시에 남아서 귀족들과 친분을 다졌다면 꽤나 거물이 되었을지도 모른다.

'야만인이지만 그 출신을 덮을 정도의 여러 배경이 있는 사내다.'

그런 인물이 뭐가 아쉬워서 뱀교를 믿을까? 왜 자신의 이름을 속여가며 뱀교의 중추에 숨어들었을까?

'수상하기 짝이 없지.'

병사들이 유릭을 둘러쌌다. 지하에 사람이 여럿 들어오자 공기가 달아올랐다.

뿌득.

유릭이 뼈다귀를 쥐고는 적들을 쳐다봤다.

"무기를 거두시지요."

유릭과 병사들 사이로 트리키가 뛰어들었다.

"방주님에게 상처를 입히지 마라!"

발도르 백작이 병사들을 제지했다.

"킬리… 아니, 유릭에게 무슨 목적이 있는지는 모르지만, 적은 아닐 겁니다, 발도르 백작님."

"어떻게 확신한단 말입니까? 방주님."

"저는 이자와 며칠을 함께 했습니다. 어떤 까닭이 있어 정체를 속였는지는 모르나, 제게 해를 끼치진 않을 겁니다. 저는 유릭을 믿습니다."

트리키가 손을 뻗어서 유릭이 쥐고 있던 뼈다귀를 밑으로 떨어뜨렸다.

"뭘 보고 날 믿는다는 거지?"

유릭이 팔을 느슨하게 떨어뜨렸다. 그가 트리키를 빤히 내려다봤다.

"당신은 솥에 삶아진 아기를 가엾게 여겼소. 선을 행하고자 하는 마음이 있다는 거지. 당신이 봐온 나는 잘못된 일을 하는 사람이었소?"

유릭이 골몰히 생각하다가 입을 열었다.

"잘못된 일을 하는 것 같진 않았지."

"그렇다면 우린 적이 아니오, 유릭. 당신도 나도 서로에게 나쁜 일을 하진 않았으니까."

트리키가 고요히 말했다. 그는 병사 쪽을 향해서도 손을 저었다.

'과연 집단의 지도자를 맡을 정도로군. 여차여차해도 영향력이 장난 아니야.'

유릭이 눈을 게슴츠레하게 뜨며 자리에 앉았다.

트리키의 제지에 발도르 백작도 고개를 끄덕였다. 탐탁지 않은 듯했으나, 굳이 방주를 거스르는 행동을 하지 않았다. 트리키를 따르고자 하는 마음은 진짜였다.

'트리키는 사람이 좋은 걸까? 아니면 나를 적으로 삼지 않을 정도로 머리가 좋은 걸까?'

유릭이 팔짱을 끼며 머리를 옆으로 기울였다. 그는 트리키에 대한 호기심을 느꼈다.

'황제의 임무 따윈 사실 내 알 바가 아니지.'

유릭은 황제의 부하가 아니다. 그에게 충성할 이유도 없다. 그의 행동은 언제나 흥미 본위이며 자기중심적이다. 세상 사람들은 황제를 두려워했지만 유릭은 아니었다.

"어째서 이름을 속인 거요? 그것만큼은 말하시오."

트리키가 유릭을 추궁했다.

"사실은……."

유릭이 뭐라 말을 하려다가 고개를 위로 들어 올렸다.

쿵, 쿵, 쿵.

거친 발소리가 여러 번 들렸다. 지상에서 어떤 무리가 빠르게 움직이고 있었다.

"백작!"

바한이 발도르 백작을 보며 소리를 쳤다.

"나도 무슨 일인지 모르겠습니다!"

발도르 백작도 부하를 시켜 바깥을 살피게 했다.

"끄아악!"

부하를 바깥으로 보내자 들리는 건 비명이었다. 발도르 백작이 당황하며 주춤주춤 뒤로 물러났다.

"배교자에게 죽음을!"

갑자기 발도르 백작의 뒤에 서 있던 시종이 단도를 뽑아 들었다. 그는 발도르 백작의 목에 단도를 들이밀고는 주변을 위협했다.

"네, 네가 배신자였나! 하이젠!"

발도르 백작이 외쳤다. 시종은 단도를 더 깊게 밀면서 인상을 찌푸렸다.

"루를 배신한 자에게 충성할 의무는 없습니다, 발도르 백작! 너흰 다 머저리야! 주인과 함께 사교에 몸을 담다니! 더러운 배교자들! 루께서도 너희들의 영혼은 받아주지 않으실 거다!"

시종이 주변 병사들을 보면서 외쳤다. 그는 발도르 백작이 뱀교와 회동하기까지 기다렸고, 제국군에게 이를 알렸다.

시종이 발도르 백작이 도망가지 못하게 인질로 삼았다. 주변 병사들은 붙잡힌 주인을 보며 어쩌지도 못하고 주변을 포위할 뿐이었다. 이대로 가다가는 제국군이 몰려온다.

"방주님, 도망가야 합니다!"

바한이 트리키를 보호하며 외쳤다.

"백작을 그냥 두고 갈 순 없다! 이대로라면 백작이 죽을 터!"

"이미 우리에게 쓸모가 없는 사람입니다! 같이 쫓기는 신세가 될 뿐입니다!"

"너는 쓸모가 있는 사람만 구원할 터냐? 바한!"

유릭은 트리키와 바한의 말싸움을 보고만 있었다. 천장을 울리던 발소리가 점차 가까워졌다. 밖에서 경비를 서던 이들의 고함이 들렸다.

끼익.

유릭이 고기를 자르는 칼을 들어 올렸다.

"흠, 도끼면 좋았을 텐데."

유릭이 팔을 뒤로 젖히더니 세차게 휘둘렀다. 그의 손끝에 걸려 있던 칼이 날아갔다.

푹!

"끄아아악!"

"큿!"

비명은 둘. 시종은 안면에 칼이 박힌 채로 땅바닥을 뒹굴었다. 인질로 잡혀 있던 발도르 백작은 귀가 잘렸다.

"미안, 미안. 조심한다고 했는데 댁의 귀까지 잘라 버렸네."

유릭이 천연덕스레 말했다. 그는 발도르 백작을 구했지만, 귀를 날려 버린 장본인이었다.

"고, 고맙소."

발도르 백작은 어쨌거나 자신을 구해준 유릭에게 인사를 했다.

"일단은 하수도로 도망갑시다."

바한이 이미 하수도로 가는 문을 열며 말했다.

쿵! 쿵!

지하실의 문은 이미 바깥에서 두드리고 있었다. 금방이라도 안으로 침입할 기세였다.

'내 작위도 끝장이로군.'

발도르 백작이 하수도로 나가면서 아랫입술을 깨물었다. 이제 그는 배교자로 평생을 쫓겨 다닐 터였다.

"아직 끝난 게 아닙니다, 백작. 이제부터 시작이죠."

트리키가 발도르 백작을 위로했다.

콰– 앙!

지하실의 문이 부서졌다. 제국병사들이 들이닥쳤고, 열 명 남짓했던 발도르 백작의 사병들은 순식간에 당했다.

"거기 서라! 사교도 놈들!"

하수도로 들어온 병사들이 외쳤다.

"서란다고 서겠냐"

유릭이 중얼거리며 뒤를 바라봤다.

끼릭.

유릭의 귀가 움찔했다. 그는 귀에 익은 소리를 감지했다.

'쇠뇌.'

쇠뇌가 장전되는 소리였다. 유릭이 재빨리 팔다리를 이용해서 일행들을 넘어뜨렸다.

피슛!

쇠뇌 화살이 바닥에 넘어진 일행들의 머리를 스쳐 갔다.

"퉷, 퉷! 입안에 오물이……."

바한이 투덜거리다가 화살이 벽에 처박힌 걸 보고 입을 다물었다. 유릭의 재빠른 조치 덕분에 부상자가 없었다.

"머리를 들지 마! 놈들이 다시 쏜다!"

유릭이 눈을 가늘게 뜨며 말했다. 화살이 계속 머리 위를 스쳐 지나갔다.

'역시 제국군이다. 어떤 상황에서도 유연하게 대처하지.'

제국군은 유릭 일행이 도망가지 못하게 교대로 쇠뇌를 쐈다. 좁은 하수도는 일직선으로 쭉 펼쳐져 있었다. 좌우로 도망갈 곳이 없었다.

첨벙, 첨벙.

쇠뇌로 도주자의 발을 묶은 틈을 타서 검과 방패를 든 보병들이 서서히 접근했다.

'망할 제국군! 더럽게 유능하네.'

발도르 백작의 사병들에게 둘러싸였을 때도 유릭은 여유가 있었다. 하지만 제국군 앞에서는 여유가 전혀 없었다. 제국군이 얼마나 잘 싸우는지는 유릭도 안다. 질적으로도 전술적으로도 월등히 우수한 병사들이었다.

"유릭, 이걸 받으십시오."

바한이 엎드린 채로 유릭을 불렀다. 그가 가죽 지도를 유릭에게 넘겼다.

유릭은 바한의 눈동자를 바라봤다. 결의의 눈이었다.

'제길, 또 저런 눈이군.'

바한의 눈동자는 곧았다. 유릭은 저런 눈을 가진 자들을 여러 번 봤다. 자신의 믿음을 따라 목숨을 던지는 눈동자였다.

"…방주님을 부탁합니다."

바한이 벌떡 일어섰다. 그가 팔을 겹쳐서 급소를 가리며 전진했다.

푹!

쇠뇌의 화살이 바한의 몸이 사정없이 박혔다.

"방주님! 부디 무사히!"

바한이 목소리를 짜내며 외쳤다.

"바한을 두고 갈 순……."

트리키의 외침은 공허했다.

유릭은 바한이 벌어준 시간을 낭비하지 않았다. 트리키를 어깨에 둘러메고 발도르 백작과 함께 뛰었다.

"오오오오!"

바한이 병사들을 막아서며 달려들었다. 이미 출혈이 심해서 시야가 흐릿했다. 힘이 빠진 몸을 던지다시피 한 거나 마찬가지였다.

푸욱!

병사의 칼이 바한의 배에 꽂혔다.

'오오, 드디어 다음 세상으로 가는 건가.'

바한이 주저앉으며 생각했다. 몸은 무거워졌지만, 의식은 한없이 가벼웠다. 혼이 육체를 떠나는 기분이었다.

"악귀가 되어 영영 떠돌 거다, 망할 사교도 새끼."

제국군이 쓰러진 바한의 머리에 침을 뱉으며 저주를 퍼부었다.

"놈들을 계속 쫓아! 발도르 백작은 생포해라!"

제국군이 도망친 사교도를 쫓아 하수도를 헤맸다.

유릭 일행은 일직선 길을 벗어나 미로 같은 하수도로 접어들었다.

'모든 걸 잃은 각오는 했으나, 막상 잃어버리니 공허하군.'

발도르 백작이 쓰게 웃었다. 그에게 남은 건 종교뿐이었다.

"유릭, 의심해서 미안했소."

발도르 백작이 유릭에게 사과했다. 가죽 지도를 보고 길을 찾던 유릭이 어깨를 으쓱했다.

"미안할 거 없어. 황제의 밀명을 받고 잠입한 건 사실이니까."

유릭의 말을 들은 발도르 백작이 눈을 치켜떴다. 트리키도 적잖게 충격을 받은 표정이었다.

"그렇다면 어째서? 우리를 제국군에게 넘기지 않은 거요?"

"트리키를 넘기는 데 마음이 동하지 않아서."

유릭이 별일 아니라는 듯이 말했으나, 발도르 백작은 큰 충격을 받았다.

"황제를 배신하다니……. 보통 담력이 아니로군."

"신도 배신하는 마당에 황제가 별거야?"

발도르 백작이 낮게 웃었다. 하수도를 걷는 동안 그는 유릭이 뱀교에 잠입하게 된 이유를 들었다.

'보수로 뭐든 다 해준다는 황제의 제안을 거절하다니 보통 사람이 아니로군. 애초에 사회적 성공을 노리는 사람 같진 않았어.'

유릭은 부와 안락한 삶을 거부하고 떠돌았다. 그의 천성이 그러했다. 투명해서 밑바닥까지 보이는 호수보다 한 치 앞도 보기 힘든 파도에 뛰어들길 원했다. 보이지 않기에, 그곳에 무엇이 있는지 모르기에 더욱 흥미로운 것이었다.

"내게 좋은 생각이 있소, 유릭. 어차피 난 모든 걸 잃었지만, 황제는 당신이 배신했다는 걸 모르지."

발도르 백작이 머리를 굴렸다.

"그래서?"

"근본파의 본거지를 찾읍시다. 황제에게 근본파의 본거지를 알려주고 토벌하게 한다면, 뱀교의 뿌리가 뽑힌 줄 알고 안심할 거요. 우린 놈들처럼 신생아를 납치하지도 않고 과격한 수단을 쓰지도 않을 거요. 근본파만 사라지면 뱀교가 황제의 심기를 건드리는 일은 없겠지. 일이 무사히 끝난다면 당신도 황제의 보상을 받을 수 있고, 우리도 안전하게 포교를 할 수 있소."

"오호라. 당신, 머리가 좋은걸?"

유릭이 감탄했다.

발도르의 말은 가장 현실적이면서도 좋은 타개책이다. 누가 들어도 합리적이었다.

"아무리 그래도 동포를 팔아넘길 순 없습니다, 발도르 백작."

"이제 백작도 아닌 신분이니 부디 발도르라고 불러주십쇼, 방주님. 저는 이제 당신의 종이자 제자가 되겠습니다."

발도르가 간절히 말했다. 트리키가 망설이다 고개를 끄덕였다.

"발도르, 나는 방주로서 그런 일을 용납할 수 없… 네. 저쪽도 마찬가지야. 우리를 적이라곤 생각하지만, 동포를 제국군에겐 팔지 않아. 그건 부끄러운 짓이지."

"방주님의 사상에 저는 동감했습니다. 구원은 더 이상 민족에 구애받지 않습니다. 태양교가 야만인과 문명인을 가리지 않고 보듬듯, 다음 세상으로 가는 길은 모두에게 열려 있지 않습니까? 그렇게 말한 사람이 바로 방주님이십니다! 제가 왜 모든 걸 버리고 여기까지 왔다고 생각하십니까?"

발도르가 트리키 앞에 무릎을 꿇으며 말했다.

"동포를 배신하는 건 부끄러운 일이네, 발도르."

"제가 같은 문명인을 배신하고 방주님 곁에 있는 것도 부끄러운 일이겠군요."

"그건……."

트리키의 말문이 막혔다. 발도르가 그 틈을 놓치지 않았다.

'나는 반드시 방주님과 이 교단을 밝은 지상으로 끌어올릴

것이다!'

발도르가 트리키가 뭐라 말하기 전에 기세를 몰아 말을 이었다.

"우린 세계종교입니다! 민족이나 출신 따윈 아무런 상관도 없습니다. 조금이라도 더 많은 사람을 구원할 수 있다면 그게 옳은 겁니다. 제 생각이 잘못된 거라면 저는 갈 곳은 잘못 찾아왔군요. 문명인인 저는 주제도 모르고 사막민족만의 종교를 찾아온 겁니까?"

발도르의 눈이 반짝였다. 트리키가 턱을 괴며 생각에 잠겼다. 그는 자신이 썼던 경전과 입으로 내뱉었던 설교를 되씹었다.

"……제자 발도르, 자네의 말이 맞네. 내 좁은 식견을 넓혀 준 것에 감사하네."

트리키가 이를 악물며 고개를 끄덕였다. 발도르의 표정이 그제야 밝아졌다.

'나는 찬성도 안 했는데 멋대로 진행하는군. 어차피 할 거지만서도……'

유릭이 그 광경을 보며 목을 벅벅 긁었다. 손톱에 낀 때가 덩어리져서 나왔다.

Chapter 9

남부에서도 유독 척박한 사막지대에서 탄생한 뱀교, 그들에게 생존은 투쟁이었다. 약탈에 실패하면 죽은 동포를 잡아먹고서라도 살아남아야 했다. 피와 살은 영혼이자 생명이었고, 식인을 통해 더 강해진다고 믿었다. 그들의 삭막한 세계관은 허무주의를 낳았고, 고통받는 현세에 대한 미련은 없었다.

　"뱀은 자기보다 작은 뱀을 잡아먹지."

　뱀교의 전사가 말했다. 그는 자신의 부족에서 전사장을 맡은 사내였다. 그래서 남들보다 문신이 배로 많았다. 몸수색을 당한다면 바로 목이 잘릴 터였다.

　화르르.

　동굴 안에서 모닥불이 삐걱삐걱 타올랐다. 제국의 수도 하멜에서 멀지 않은 동굴이었다.

근본파 뱀교는 포교를 하지 않는다. 그들이 도시 내부에 근거지를 마련하고 머물 이유는 없었다.

"사막을 파괴한 자들."

전사장이 저 멀리 보이는 대도시 하멜을 보며 중얼거렸다. 밤에도 빛이 보일 정도로 발달한 도시다.

제국은 사막마저 정복했다. 농경이 가능한 다른 남부지역은 정복할 가치가 충분했지만, 어째서 제국이 척박했던 사막지대를 침략했는지는 알 도리가 없었다. 농사도 짓지 못하는 그곳에 어떤 가치가 있었던 걸까?

"트리키의 목은 따오지 못했군."

전사장이 다른 전사들을 보며 말했다.

"뭐, 됐어. 한번 태양교로 변절했다가 돌아온 쓰레기를 따르는 놈들은 필요 없어."

전사장은 트리키를 경멸했다. 그가 이끄는 뱀교도들은 약 사십여 명이다. 그들은 제국의 수도 근처에서 머물며 치안을 어지럽혔다. 고향을 잃어버린 후에도 오랫동안 살아남은 집단답게 그들은 상당히 용의주도했다.

"약한 자는 강한 자의 생명이 될 뿐이야. 그게 이 세상의 섭리지."

전사장이 중얼거렸다. 지옥 같은 현세에서 그들은 살고 있다.

'다음 세상…….'

언젠가 죽는다면 다음 세상으로 가리라.

'하지만 아직은 아니야.'

전사장이 눈을 떴다. 그가 솥에서 사람의 다리를 꺼냈다. 푹 고아낸 인육은 뼈와 살이 쉽게 분리되었다.

으적.

크게 인육을 베어 물었다.

"오오."

생명이 차오르는 느낌이었다.

"자, 먹어라."

전사장이 먼저 고기를 먹은 뒤에야 다른 전사들도 솥으로 손을 뻗었다. 그들은 오늘 납치해 온 아이의 고기를 씹어 먹었다. 그들에게서 인육은 하나의 경건한 의식이었다. 타인의 생명을 자신의 것으로 만드는 일이었다.

'슬슬 여기도 떠날 때가 되었나.'

뱀교도들은 주로 번화한 도시 주변에 기생했다. 그편이 부랑자로 숨어서 활동하기 쉬웠다.

'괜히 제국의 심장이라 불리는 게 아니야. 벌써 동포들이 많이 붙잡혔다. 경계와 수색도 나날이 촘촘해지고 있어.'

몇 년 정도는 다른 도시에 있다가 돌아오는 것도 나쁘지 않았다. 고향의 사막에 비하면 문명세계는 어딜 가도 축복받은 환경이었다. 산에는 먹을 것투성이였고, 한낮에는 벌거벗고 돌아다녀도 화상을 입지 않았다. 밤에는 모닥불만 피워도 따스할 정도로 기후가 온화했다.

"그럼 오늘 밤은 축제를 벌여볼까."

전사장이 동굴 안쪽으로 가더니 동굴 벽에 묶여 있는 여자들을 바라봤다. 그들이 납치한 건 신생아만이 아니었다. 그들에게 여자란 좋은 자원이었다. 뱀교도들은 대다수가 인신매매에 종사하고 있었고, 여자란 좋은 거래품목이며 식량이자 장난감이었다.

쉬이잇.

전사장이 나무통에 손을 넣어서 뱀 한 마리를 꺼내 들었다.

"자아, 네가 골라라. 내 귀염둥이야."

전사장의 손을 떠난 뱀이 동굴 벽에 묶인 여자를 바라봤다. 뱀은 혓바닥을 쉭쉭 내밀며 땅바닥을 기었다.

"오늘은 연회를 벌이지 않는 게 좋을 것 같군요, 전사장."

동굴 입구에 있던 여자가 말했다. 갈색피부가 도드라진 여자였다. 그녀는 뱀교의 주술사이자 사제였다.

"다들 지친 상태야. 오늘 같은 날 연회를 해서 피로를 풀어야 돼."

전사장이 주술사에게 말했다.

"별의 위치가 좋지 않아요. 흉성이 떴습니다. 저기 붉은 별이 보이십니까?"

주술사는 혼자서 별을 보고 있었다. 점성술은 뱀교 주술사에게 무척이나 중요한 능력이었다. 사막에서는 지형지물을 보고 길을 찾는 건 불가능했다. 사막부족의 주술사들은 별을 보고 길을 찾았으며 나아가 미래를 예지했다.

"그럼 네가 혼자서 전사의 잠자리를 상대할 텐가? 이제는 나이가 많아서 힘들 텐데?"

전사장이 주술사를 보며 으르렁거렸다.

"…경계를 철저히 하고 무기를 안은 채로 주무시지요."

"웃기는 소리."

전사장이 주술사의 경고를 무시했다. 다른 뱀교도들이 불안한 눈으로 두 사람의 다툼을 바라봤다.

주술사의 위세는 과거와 비교하면 많이 떨어졌다. 더 이상 뱀교도는 사막지대에 살고 있지 않았다. 문명세계에서는 별을 보지 않아도 길을 쉽게 찾았을 수 있었고, 점성술로 예언한 미래는 대개 맞아떨어지지 않았다. 대신에 실무를 수행하는 행동대장인 전사장의 힘이 세졌다.

쉬이익.

뱀이 벽에 묶인 여자의 다리를 타고 올라갔다. 차가운 감촉에 여자가 소스라치게 겁을 먹었다.

"쉬, 쉬. 오늘은 너구나."

전사장이 여자를 바라보며 말했다. 그의 동공이 마치 뱀 같았다.

뱀의 선택을 받은 여자의 운명은 뻔했다. 오늘 하룻밤 동안 수십여 명의 남자들을 혼자 상대할 것이다. 다음 날까지 망가지지 않으면 노예상인의 손에 넘어갈 터고, 망가진다면 한 끼 식사로 전락한다.

찌익.

전사장이 여자를 묶어둔 끈을 잘랐다. 그가 여자를 다른 전사들에게 던졌다.

"아아아아!"

재갈을 풀자 여자가 비명을 질렀다. 전사들은 여자의 입을 막고 윤간을 했다.

전사들은 모든 걸 잊고 광란의 연회를 즐겼다. 그들에게 강간당하는 여자에 대한 동정이나 공감은 없었다. 문명인이 야만인을 구별하듯, 그들 역시 문명인을 같은 인간으로 보지 않았다.

비틀, 비틀.

뱀교도가 머무는 동굴 안으로 누군가가 걸어 들어왔다. 상처를 입었는지 걸을 때마다 몸이 흔들렸다.

"끄으으으."

신음을 들은 전사 하나가 동굴 입구로 걸어 나갔다.

"어라? 너는……."

도시에 있어야 할 연락책이 상처를 입은 채로 동굴 입구에서 쓰러졌다. 전사의 뇌리에 불길함이 감돌았다. 주술사의 경고가 귓가에 들리는 듯했다.

"전사장…… 컥!"

뒤돌아 소리를 지르려던 병사의 목구멍에 화살이 꽂혔다. 그는 그대로 픽 쓰러진 채로 화살 서너 대를 더 맞았다.

끼리릭.

수풀 속에서 쇠뇌를 장전하는 소리가 났다. 숨을 죽인 채동굴 앞까지 다가온 제국의 군인들이었다. 이미 이 주변은 제국군이 포위한 상태였다.

"훌륭하군, 유릭. 이렇게나 빨리 뱀교의 본거지를 찾아내다니."

말을 탄 얀키누스가 말했다. 그는 진군하는 병사들을 바라봤다. 어느새 동굴을 둘러싼 횃불이 사방을 밝혔다.

"생각보다 쉬웠어."

유릭이 어깨를 으쓱이며 제국군을 바라봤다. 제국군은 동굴을 비롯한 산 전체를 포위했다. 아무리 날고 기는 놈들이라도 빠져나가지 못할 터다.

"골치 아픈 놈들이었지."

얀키누스가 이를 바득바득 갈았다. 그는 뱀교를 단 한 놈도 살려둘 생각이 없었다. 그는 하멜에 대한 자부심이 대단했고, 이 도시를 분신처럼 여겼다. 이번 뱀교 사건은 자신의 분신이 사교도에게 짓밟힌 거나 마찬가지였다.

'트리키 덕분에 일이 쉽게 흘러갔다.'

방주파의 수장인 트리키가 근본파를 팔아넘기기로 마음을 먹자, 근본파를 찾아내는 건 어렵지 않았다. 유릭은 지하사회에 뿌리박힌 뱀교의 자취를 찾아서 한 명씩 고문했다.

'독한 놈들이었어. 내 고문에도 끄떡하지 않다니.'

뱀교도들은 유릭의 고문으로도 본거지를 불지 않았다. 고문 정도로 불 것 같았으면 제국군이 일찌감치 찾아냈을 것이다.

계책을 짜낸 유릭은 뱀교도 한 명을 '적당히' 박살 냈다. 중상을 입은 뱀교도는 그저 성질 더러운 북부인에게 얻어맞은 줄 알고 순순히 자신의 본거지로 돌아갔다.

"말만 하게, 유릭! 뱀교를 토벌한 것을 생각하면 금화든 뭐든 아깝지 않군!"

얀키누스가 뱀교도의 비명을 들으며 웃었다. 황제 얀키누스는 유릭의 부탁을 뭐든 들어주겠다고 말했다.

'하지만 주제넘은 보상을 요구하면 내 목이 달아나겠지.'

뭐든 들어준다는 보상이 오히려 애매했다. 어디까지 요구해야 황제의 심기를 거스르지 않을지 알 도리가 없었다. 지나친 요구를 하면 황제가 분노할 것이고, 변덕스러운 황제의 성격으로 봐선 요구가 형편없으면 자신을 무시하냐며 화를 낼 터였다.

"근래 좋은 일만 생기는군. 루께서 나를 돌봐주시는 모양이야."

"좋은 일?"

유릭이 반문했다.

토벌은 거의 막바지에 이르렀다. 병사들은 처형대에 올릴 뱀교도들을 생포하는 중이었다. 밧줄에 묶여 피범벅이 된 채로 끌려 나오는 뱀교도들이 보였다. 병사들은 뱀교도들을 향해 욕설을 퍼부으며 침을 뱉었다.

"유릭, 역사에 이름을 남기고 싶다는 생각은 해본 적이 없나?"

얀키누스가 문득 말했다.

"그게 무슨 의미지?"

"내 옆에서 검귀 페르젠처럼 이름을 남길 생각이 없냐고 물었네. 앞으로 큰 전쟁이 있을 거야. 내 조부와 부친이 그랬던 것처럼, 나도 업적이 될 전쟁을 일으킬 생각이네. 전쟁에서는 출신 성분과 무관하게 이름을 남길 기회가 있지. 야만인이라도 출세할 기회가 앞으로 더 많아질 걸세."

유릭이 눈을 감았다가 천천히 떴다.

'전쟁이 있다고?'

얀키누스는 앞으로 큰 전쟁이 있을 거라 확신했다. 동대륙을 말하는 것 같진 않았다.

"나는 개종하지 않은 야만전사들도 많은 돈을 주고 고용할 거네. 야만전사 부대는 언제나 가장 앞에서 싸우게 될 터야. 그 부대의 대장을 맡을 사람은 다른 야만전사들을 압도할 만큼 강해야겠지. 야만전사들은 자신보다 약한 자를 따르지 않으니까."

"재미있겠군."

유릭이 덤덤히 말했다.

"자네는 자격이 충분해. 단순히 잘 싸우는 것뿐만이 아니라 매우 영리하지. 뱀교의 본거지를 이렇게 이른 시일 내에 찾아낼 거라곤 생각지도 못했네."

얀키누스가 순수하게 감탄했다. 유릭의 능력은 생각 이상으로 뛰어났다.

'포를카나 왕에게 주기에 아까운 인물이라곤 생각했지만⋯⋯. 쓸모가 많은 야만인이다. 어떤 일을 맡겨도 해낼 자야.'

유릭을 몇 번 만나본 사람이라면 다들 느낀다. 남들과 다른 무언가가 유릭에게 있었다. 범상치 않은 인물이다. 유릭은 아랫사람의 존경을, 윗사람에게는 신뢰를 받았다.

"그런데 가장 중요한 건 듣지 못했어. 무슨 전쟁을 말하는 거지?"

황제가 직접 나설 정도로 큰 전쟁은 이제 없다. 기껏해야 얼마 전에 일어난 포를카나 내전이 근래 벌어진 가장 큰 전쟁이었다.

"나는 지금까지의 세계를 깨부술 거네."

얀키누스가 달과 별 아래에서 말했다. 그의 눈동자가 환희로 빛났다.

"……루께서 말하셨지. 동쪽 바다에는 세상의 끝이라는 폭포가 있으며, 서쪽의 산맥을 넘어가면 무저갱의 절벽이 있다고 말이야. 이게 우리가 알고 있던 세계의 한계네."

유릭이 잠시 시선을 어둠에 두었다. 그가 허벅지를 손톱으로 꼬집으며 표정을 숨겼다. 허벅지의 살점이 손톱만큼 찢어지며 떨어져 나왔다.

"그러나 이 얀키누스가 불경하게도… 루의 말씀이 틀렸다는 걸 증명해 버렸네. 큭, 큭큭."

얀키누스가 자신의 얼굴을 한 손으로 감싸며 웃었다. 그가 하얀 이를 드러냈다. 미친 듯이 웃던 얀키누스가 고개를 다시들었다.

"나는 유능한 조부와 부친을 둔 상속자가 아니라, 신세계를 연 위대한 탐험가로 남을 걸세. 유릭, 내 깃발을 들고 신세계의 선봉이 되지 않겠나?"

유릭이 목구멍까지 차오른 감정을 꾹 눌렀다.

"신세계라고?"

"드디어 내 탐험대가 하늘산맥을 넘었네. 그곳은 무저갱의 절벽이 아니었어. 사람이 사는 땅이 있네! 그곳에 우리와 똑같은 사람이 살고 있다는 거지! 그게 얼마나 대단한 일인지 자네는 모르겠지! 그래, 루께서 만든 세계를 인간인 내가 깨뜨렸네! 바로 이 얀키누스가 말이야!"

유릭은 침묵했다. 그는 눈을 뜨지 못했다. 눈동자에 맺히는 살의를 지우지 못할 거라 확신했기 때문이다.

선택해야 한다. 시간은 짧다.

얀키누스는 유릭이 놀란 나머지 뜸을 들인다고 생각했다.

'나도 알고 있어. 세계를 깨부순다는 게 어떤 의미인지……'

유릭이 웅얼거렸다. 그가 가늘게 눈을 떴다. 속눈썹은 서리가 앉은 듯이 차분했다. 갈무리하지 못한 살의가 미미하게 땅바닥을 훑었다.

대다수의 사람은 동대륙과 하늘산맥 너머의 땅을 믿지 않는다. 누군가 동대륙과 하늘산맥 너머의 땅을 주장한다면, 사람들은 그를 미치광이라 치부하거나 불경한 자라 욕할 것이다.

하지만 간혹 닫힌 세계관 속에서 신의 경고를 거역하고 미지를 향해 발을 내딛는 자들이 있다. 유릭이 그러했고……

'황제 얀키누스.'

황제 얀키누스 또한 세계를 부수는 자였다.

유릭은 눈동자를 굴리며 주변을 둘러봤다. 기사들은 얀키누스를 둘러싸고 있었다. 그들의 눈동자는 유릭의 손끝을 보고 있다.

황제의 호위기사는 고르고 고른 실력자들이다. 유릭이 무기를 뽑아서 황제를 벨 때까지 기다려 줄 자들이 아니었다.

"놀란 모양이로군, 대답은 나중에 해도 좋아! 기억하게, 유릭. 살아생전의 부귀영화보다 중요한 건 죽어서 이름을 남기는 것이네. 시간조차 지우지 못할 흔적 말이야."

얀키누스가 웃으면서 말고삐를 잡았다. 토벌이 끝나고 생포된 뱀교도들이 줄줄이 엮여 나왔다. 뱀교도에게서 살아남은 여자들은 황제의 이름을 칭송하며 울먹였다.

뱀교의 뿌리가 뽑혔다. 표면적으로는 그러했다. 도시의 치안을 해치며 황제의 심기를 어지럽히던 뱀교도들은 박멸된 셈이었다.

"우우우우!"

"죽어라! 사교도 놈들!"

다음 날 정오, 도시의 광장에서는 뱀교도의 처형식이 있었다. 그간 쌓인 울분을 풀기 위해 사람들이 우르르 몰려왔다. 썩은 과채와 돌멩이들이 처형대 위로 쏟아졌다. 처형대 주변의 병사들은 방패를 들어서 투척물을 막았다.

"이게 정말로 옳은 일이었나."

두건을 쓴 트리키가 읊조렸다. 그는 사람들 틈에 섞여서 처형식을 지켜봤다. 과거 백작이었으나 지금은 모든 걸 잃은 발도르가 그 옆에서 고개를 끄덕였다.

"우리가 손을 쓰지 않았어도 결국 저들은 저런 결말을 맞이했을 겁니다. 제국군은 집요하죠. 당장은 안전하겠지만, 우리도 안심할 때가 아닙니다. 또 다른 뱀교가 있다는 걸 머지않아 제국군도 알게 되겠죠. 그때까지 문명세계에 영향을 미칠 만한 제자를 더 많이 모아야 합니다. 제 절친한 지인들부터 시작하죠. 저를 밀고하지 않을 그런 자들……."

발도르는 모든 걸 잃었음에도 침착했다. 그는 교단에 인생을 바치기로 마음먹었다. 그에게 남은 건 이게 전부다.

발도르가 자리를 뜨자고 트리키를 재촉했다. 광장에 오래 머물러서 좋을 건 없었다.

"유력에게 감사의 인사를 해야 할 터인데……."

트리키가 뒤를 돌아보며 중얼거렸다.

"다시 만나는 건 유력에게도 우리한테도 좋지 않은 일입니다, 방주님."

발도르도 그렇게 말하면서도 아쉬워했다.

'유력을 뱀교도로 끌어들여 제자로 삼았더라면 상황이 훨씬 나았겠지.'

유릭은 굳세고 강한 전사였다. 제자 중에서 그런 인물이 하나쯤은 필요했다.

'미안하지만 당신의 이름을 팔아야겠어.'

발도르가 머리를 굴렸다. 유릭이 트리키와 발도르를 구해준 건 사실이다. 유릭은 뱀교도가 아니었지만 뱀교와 깊은 연관이 있는 셈이었다.

'이름 높은 야만전사조차 방주님에게 감화되어 스스로 칼을 바쳤다……. 좋은 이야기다.'

많은 사람에게 먹힐 이야기였다. 아직은 아니지만, 훗날 써먹을 곳이 있을 것이다.

아직은 뱀교에서도 소수파에 불과한 트리키와 발도르는 조용히 인파를 헤치고 지하사회로 숨어들어 갔다. 언젠가 태양을 마주할 날이 오리라 믿으며…….

'뱀교도를 토벌한 황제를 찬양하라!'

수도는 축제 분위기로 들썩였다. 황제 안키누스는 국고를 열어서 백성들에게 베풀었다. 빵 굽는 연기가 끊이지 않았고, 선술집마다 황제를 찬양하는 노랫소리가 새어 나왔다.

제국귀족들은 황궁에서 열리는 축하연회에 참가하기 위해

먼 길을 마다치 않았다. 연회는 밤낮을 가리지 않고 사흘 동안 열렸다.

철컹, 철컹.

연회장에 어울리지 않는 쇠사슬 소리가 울려 퍼졌다.

"저건?"

"남부의 야만인인가?"

귀족들이 입을 가리며 웅성거렸다. 그들은 쇠사슬 목줄을 찬 남자노예를 바라봤다.

"리갈 아르텐이 세상의 주인을 뵙습니다!"

남자노예를 끌고 온 사내가 외쳤다. 그는 오랜 여정으로 지쳐 있었으나 여독을 풀지도 않고 황제가 있는 연회장까지 달려왔다.

"서신을 미리 받았네, 리갈 아르텐! 이리 와서 얼굴을 보여주게나!"

얀키누스가 의자에서 일어서며 말했다. 황제가 엉덩이를 뗄 정도로 극진한 환대였다. 귀족들의 관심이 단번에 집중됐다.

"아르텐 가문이라면 강철기사를 여럿 배출한……."

아르텐 가문은 영지는 없었으나 남작위를 가진 가문이다. 그들은 대대로 뛰어난 기사를 많이 배출했기에 나름 인정받는 무가였다.

"주목하시오!"

얀키누스가 비싼 유리잔을 손가락으로 톡톡 두드렸다. 귀족들의 이목이 얀키누스에게 쏠렸다.

"리갈 아르텐은 내 명을 받고 미지의 세계를 탐험하고 있었소. 리갈 아르텐만이 아니지, 그 형제를 비롯해 많은 사내가 내 지원을 받아 서쪽으로 떠났소."

서쪽이라는 말을 들은 귀족들이 웅성거렸다.

'일을 저질렀군, 황제 얀키누스.'

연회에 참가한 사제들이 이맛살을 찌푸렸다. 태양교도 황제의 야욕은 알고 있었다. 얀키누스는 교단의 반대에도 불구하고 국고를 털어서 과감하게 탐험대를 조직했다. 아무런 확신도 없이 무작정 우수한 기사들을 산맥으로 내보냈다. 성과를 내지 못하면 돌아오지 못하는 잔혹한 여정이었다.

"리갈 아르텐! 네가 서쪽에서 본 것이 무엇이더냐!"

얀키누스가 외쳤다. 귀족들이 먹고 마시는 걸 멈췄다. 모두가 숨을 죽이며 리갈 아르텐의 대답을 기다렸다.

"저는 높디높은 산맥을 넘어 보았습니다. 그곳에 있는 건 끝이 없는 절벽이 아니라 광활한 대지였습니다. 이게 그 증거입니다."

촤르륵.

리갈이 사슬 목줄을 당겼다. 메마른 눈동자의 사내가 질질 끌려왔다.

"놈의 재갈을 풀어라. 조심하거라! 저놈에게 손가락이 뜯겨 먹힌 자가 여럿이니!"

리갈이 연회장에 있는 하인에게 말했다. 하인들이 조심스레 사내의 재갈을 풀었다.

뚝.

재갈이 바닥에 떨어졌다. 사내가 눈을 부라리며 뭐라 외쳤다. 괴성에 가까운 포효였다. 어떤 말들인지는 몰랐으나 저주 어린 욕설이라는 건 분명했다.

"보십쇼! 남부에서도 북부에서도 그 어디에도 없는 언어입니다! 이자는 하늘산맥 너머에 살고 있는 인간입니다. 산맥 너머는 북부와 남부처럼 야만인의 땅이었습니다. 태양신 루의 충실한 종인 리갈 아르텐은 맹세코 산맥 너머에 땅을 보았다 말할 수 있습니다!"

리갈이 서부에서 잡아 온 야만인을 자랑스레 내보였다. 귀족들의 술렁거림이 천장에 닿을 정도였다.

"교황성하께 서신을 보내라."

사제들이 바빠졌다. 그들은 지금까지 하늘산맥 너머가 무저갱의 절벽이라 가르쳤다. 그게 루의 말씀이라고 대중들에게 전달했다.

"루여."

"어찌 된 일인가, 사제!"

귀족들조차 당황하며 연회장에 있는 사제들을 채근했다. 이 소식이 교황의 귀에 들어가면, 공회의를 소집해 교리에 관한 토론을 할 터다. 어떤 결론이 나오기 전까지는 사제들이 함부로 떠들지 못했다.

"루께서 틀린 것인가?"

"루께선 틀리지 않습니다! 불경한 말을!"

"그렇다면 황제폐하의 밀명을 받은 기사가 거짓말을 한다는 건가? 사제?"

연회장의 귀족과 사제들은 공황에 빠졌다. 그들이 믿고 있던 세계관이 깨졌다.

산맥을 넘은 자가 존재하지 않아야 할 땅이 존재한다고 말했다. 다른 이들이 그런 말을 한다면 그저 헛소리라고 치부하며 그 말을 한 사람의 목을 매달면 된다.

'하지만 그 상대가 권력의 정점에 있는 황제라면…… 힘으로 누르거나 반박할 수 없어.'

황제 얀키누스가 산맥 너머의 땅을 공표했다. 태양교와 루의 권위에 정면으로 도전한 셈이었다.

"이건 불경입니다! 폐하!"

궁중사제 한 명이 용기를 내어 외쳤다.

"무엇이 불경하단 말이오?"

얀키누스가 사제의 용기를 비웃었다.

"이, 이건 루에게 거스르는 일입니다. 산맥 너머의 땅이 있을 리가 없습니다. 루께서 말씀하시길……."

"그대는 하늘산맥을 넘어보았소?"

"그건 아니지만……."

사제가 머뭇거렸다.

"리갈 아르텐은 산맥을 넘었소. 용감한 기사는 루께서 선물하신 두 눈으로 서쪽을 보고 왔지. 가서 성하께 전하시오! 루의 아들이 루께서 선물하신 신세계를 발견했다고! 그분께서는 우리가 준비된 거라 판단하신 거요! 우린 새로운 세계를 접할 준비가 되었지!"

연회장은 삽시간에 축하보다는 새로운 땅에 관한 이야기로 들썩였다. 당장 들어도 믿지 못할 말이었다. 황제에 가까운 귀족들조차 부정적이고 회의적인 반응을 보이는 자가 많았다.

"맙소사."

사제들이 경악하며 서부에서 왔다는 야만인을 관찰했다. 그들은 성직자이면서도 학자다. 박학다식한 그들조차 처음 듣는 언어였다.

'황제와 리갈 아르텐이 거짓말을 하고 있는 건 아니다.'

사제들이 식은땀을 흘렸다. 그들은 어떻게든 부정하고 싶었지만 하늘산맥 너머의 땅이 있다는 건 기정사실이었다. 그전에도 산맥 너머의 땅이 있는 건 아닐까 하는 추측이 오갔으나,

태양교의 권위로 억눌렀을 뿐이었다.

'이젠 그 흐름을 막지 못해.'

이미 궁중의 고위사제들이 회의를 열어 교황에게 보낼 서신을 작성하고 있었다. 교리해석의 변화가 필요한 시점이었다.

'루께선 항상 옳다.'

'그렇다면 해석을 잘못한 교단의 잘못이지.'

현실과 교리가 맞지 않는다면 교리에 대한 해석을 바꿔야 했다. 그런 식으로 태양교는 오랜 세월을 살아남았다. 세월 지날수록 교리는 중의적이고도 은유적으로 변했다.

"리갈 아르텐 경! 그대의 노고를 잊지 못할 걸세! 경이야말로 내 영웅이다!"

황제 얀키누스가 극찬을 하며 리갈 아르텐을 띄웠다. 그는 리갈을 자신의 앞에 앉혀서 신세계에 관한 이야기를 들었다.

'출세하겠군.'

귀족들이 부러움과 시샘의 눈으로 리갈을 쳐다봤다.

"조심하십시오, 폐하. 매우 거친 놈입니다. 원래는 네 명을 생포했는데, 오는 동안 셋이 죽고 한 놈만 살아남았습니다."

리갈이 서부 야만인을 끌고 오며 말했다.

얀키누스가 서부의 야만인 가까이 다가갔다. 귀족들도 멀찍이서 서부의 야만인을 관찰했다. 피부는 야만인답게 잘 그을려서 갈색이었고, 오랫동안 씻지 않았는지 멀리서도 악취가 풍겼다.

"생긴 건 크게 다를 바가 없군."

얀키누스가 살짝 실망한 투로 말했다.

"남부와 북부의 야만인도 벗겨보면 우리와 크게 다를 바가 없지요."

"그야 그렇지. 하지만 교단에서는 산맥 너머를 인정하지 않으려고 할 걸세. 좀 더 특별했으면 좋았을 텐데. 그렇지 않나? 유릭! 여기 와서 자네도 구경을 해보게!"

황제 얀키누스가 유릭을 불렀다. 연회장에서 술을 마시며 음식을 먹던 유릭이 일어섰다.

"눈과 귀를 둘씩 달렸고, 코도 하나, 입도 하나로군. 팔이 여러 개 달린 것도 아니고 구경할 게 뭐가 있다는 거지?"

유릭이 빈정거렸다. 그는 서부 야만인을 응시했다.

'제기랄.'

유릭은 속이 끓었다. 형용하기 힘든 감정이었다. 처음 겪는 낯선 감정에 미쳐 버릴 것만 같았다.

'어차피 다른 부족인데……. 어째서 나는…… 괴로워하는 거지?'

재갈을 물고 있는 사내는 분명 산맥 너머의 사내가 맞았다.

'포드갈 아르텐은 리갈 아르텐보다 먼저 산맥을 넘었다. 포드갈이 나를 만나서 죽지 않았다면 오래전에 지금 같은 일이

벌어졌겠지.'

아르텐 가문의 기사들은 황제의 명을 받고 탐험대를 꾸렸다. 포드갈의 전례를 봐선 산맥을 넘는 데까지는 성공한 이들이 제법 있었을 것이다.

그러나 산맥을 넘고 돌아온 이는 리갈 아르텐이 처음이었다.

'다른 부족이야, 신경 쓸 거 없어.'

유릭이 애써 자신을 다독였다. 다른 부족은 생존의 적이었다. 영역권 내에 다른 부족은 적으면 적을수록 좋다. 고향 땅에서라면 다른 부족에 속한 자에게 유대의식 따윈 느끼지 않을 터였다.

유릭은 처음으로 서부인이라는 동질감을 느꼈다. 가까운 문화와 풍습을 가진 자에게 유대의식을 가졌다.

'구하고 싶어.'

자신의 부족이나 가족, 형제도 아닌 이를 구해야 한다는 생각이 들었다. 그런 사명감이 유릭의 가슴을 쿵쿵 두들겼다.

'고향에선 적이었을 사내.'

억양으로 봐선 유릭의 바위도끼 부족과도 제법 떨어진 부족 출신 같았다. 고향 땅에서 마주했다면 서로를 경계하다가 사냥감 하나를 두고 싸웠을지도 모른다. 유릭은 아무런 고민도 없이 그의 머리를 따버리고 승리를 만끽했을 것이다.

'내가 여기서 황제를 죽일 수 있을까?'

몇 번이나 생각했었다. 황제를 죽일 방법이 자신에게 있는가? 설사 황제를 죽이더라도 이대로 끝날 것인가? 문명인들이 다시 산맥을 넘지 않을 거라 확신할 수 있는가?

뿌득.

유릭이 뼈만 남은 닭 다리를 잘근잘근 씹었다. 뼈가 잘게 쪼개지면서 유릭의 목구멍으로 넘어갔다.

"유릭, 아직도 정하지 못했나? 나는 내심 자네가 나와 비슷할 거라 멋대로 추측했나 보군. 시간이 지나면 잊힐 부귀영화에 집착하지 않는 자네라면, 나와 똑같이 불멸의 영광을 추구할 거로 생각했지."

얀키누스가 나직이 말했다. 그의 말투에는 실망이 절절하게 묻어 나왔다.

'미지에 대한 도전을 망설이는 부류였나. 노야도 높게 평가한 야만인이라 기대했거늘……'

얀키누스는 유릭을 눈여겨봤었다. 검귀 페르젠이 유릭을 보고 북부용자 미요른의 재림이라고 평가했었다. 처음에는 페르젠의 평가 때문에 지켜봤으나, 유릭의 발자취는 얀키누스의 흥미를 끌었다.

'너는 뭐가 하고 싶은 거지?'

얀키누스는 그 질문을 삼켰다. 그는 황제다. 자신을 거부한

이는 붙잡지 않는다. 그는 태양이며 세상의 중심이다. 황제는 다른 사람을 향해 움직이지 않는다. 오로지 다가오는 자를 선별할 뿐.

철컹.

야만인이 쇠사슬을 잡아당기며 피를 토했다. 그의 피를 본 귀족들이 좌우로 물러나며 핏물을 피했다.

'초췌하군.'

유릭은 그의 생명이 얼마 남지 않았다는 걸 알았다. 붙잡힌 채로 산맥을 넘고 노예처럼 끌려왔는데 몸이 멀쩡할 리가 없다. 쇠약해진 몸뚱이에는 죽음의 그림자가 서려 있었다.

빠드득.

유릭이 주먹을 굳게 쥐었다. 그는 올바른 무언가를 느꼈다.

'나는 저 사내를 구하지 못해. 난 그저 전사이기 때문이지…….'

유릭은 가슴속의 거친 충동을 억눌렀다. 난동을 피우고 싶었다. 무기가 될 만한 걸 찾아서 닥치는 대로 이 자리에 있는 문명인들을 죽이고 싶었다. 유릭은 처음으로 다른 부족의 전사를 동포라 인식했다.

'동포.'

서로 싸우던 북부의 야만인들도 제국이라는 적을 만나고 나서야 뭉쳤다. 그들은 스스로를 북부인이라 칭하며 하나의 민족이 되었다.

혈연도 인연도 없다. 단지 같은 땅과 문화를 공유하는 존재라는 것만으로도 가슴이 울렁거렸다. 그런 동포가 문명인에게 유린당했다. 구경감이 되어 야만인이라 놀림을 받고 있다.

"조심하시죠, 제가 본 야만인 중에서도 가장 포악한 놈입니다. 짐승 같은 놈이죠."

리갈 아르텐이 야만인에게 접근하는 귀부인 앞에 서며 말했다.

'저 주둥이를 찢어버리고 싶군.'

손가락이 꿈틀거렸다. 리갈 아르텐의 목을 잡아 비트는 건 어렵지 않다.

눈을 감으면 상상 속의 비명이 들려온다. 비명을 지르는 귀족들을 쫓아 머리통을 박살 내고 허리를 걷어차 척추를 부순다.

'하지만 그 뒤에는?'

유릭은 식은땀을 줄줄 흘렸다. 그는 자신의 마지막 모습이 빤히 보였다. 리갈 아르텐과 귀족들을 살해했지만, 결국 창과 화살에 꽂혀 죽어가는 자신의 모습. 거기에는 의미도 영광도 없었다. 단순한 분풀이다.

압박감이 그의 등을 떠밀었다. 자신의 생명만 걸린 일이라면 아무렇지도 않을 터다. 당장 뜨겁게 타오를 수 있다면 목숨따윈 얼마든지 내걸 수 있다. 문명세계에서 그는 자유인이었다. 거침없이 세상을 누비며 목숨을 항상 칼날 위에 내놓고 살아갔다.

하나 서부의 유릭은 자유인이 아니었다. 그곳에서 그는 바위도끼 부족의 유릭이다.

'교활해라, 유릭.'

지금은 사자의 용맹이 아닌 살쾡이의 지혜가 필요했다.

연회는 끝났다. 귀족들은 각기 수군거렸고, 사제들은 불안한 얼굴로 돌아갔다. 좋든 싫든 짧았던 평온이 지나가고 파란이 일 게 분명했다.

"아직 보상을 말하지 않았네, 유릭. 어찌 됐건 큰 수고를 한 자네를 빈손으로 보낼 순 없지."

유릭과 얀키누스가 정원을 따라 걸었다. 황제와 이렇게 같이 걷는 건 대단한 특례였다. 황제와 몇 마디 이야기를 나누기 위해 몇 달을 기다리는 사람이 수두룩하다. 여전히 얀키누스가 유릭을 높게 평가한다는 증거였다.

"강철갑옷⋯ 그리고 산맥을 넘어가는 길."

유릭이 이미 생각했다는 듯이 말했다.

얀키누스가 걸음을 멈췄다. 그를 호위하던 기사들도 따라 멈추며 칼자루를 잡았다. 만약 유릭이 황제의 심기를 심히 거슬렀다면, 당장에라도 기사들이 유릭을 죽일 터다.

"……대담한 요구로군."

얀키누스가 손가락을 들어 올리며 웃었다. 그제야 칼자루를 잡았던 기사들의 어깨도 느슨해졌다.

"뭐든 해준다고 말한 사람은 바로 본인이잖아."

"산맥을 넘어가는 길은 내 등용을 받아들이면 싫어도 알게 될 터. 빠르면 일 년, 늦어도 삼 년 안에는 모든 준비가 끝날 거네."

하늘산맥을 넘는 건 보통 일이 아니다. 탐험대들도 수많은 실패 끝에 왕복에 성공했다. 하물며 군대가 산맥을 넘으려면 완벽한 준비가 필요했다.

"내 눈으로 서쪽을 보고 싶을 뿐이야."

이건 거짓말. 유릭은 자신이 말을 더듬진 않았는지 되새기며 확인했다.

"자네가 방랑벽이 있다는 것은 익히 알고 있었지만서도……"

얀키누스가 힐끗 유릭의 얼굴을 쳐다봤다.

"난 내가 보지 못한 걸 보고 싶을 뿐이야. 그게 무엇이든 간에."

찰나의 의심을 지우는 진실의 말.

"리갈 아르텐은 충분한 휴식을 취한 뒤에 다시 하늘산맥으로 갈 거네. 전초기지를 세워야 하거든. 앞으로 하늘산맥은 장애가 되지 않겠지! 갈라졌던 세계가 연결되며, 그 새로운 길에는 내 이름을 붙을 걸세! 정 원한다면 따라가도 좋네, 유릭. 새로운 세계를 발견했는데도 심장이 뛰지 않으면 그건 사내가 아니지. 아무렴."

얀키누스는 자신의 등용을 거절한 유릭에게 호의를 베풀었다. 제왕학을 배운 사내가 베푸는 호의는 철저하게 계산된 행동이다.

'산맥 너머를 보더라도 그곳은 낯선 야만인의 땅이다. 아무리 강인한 전사라도 혼자 방랑하진 못하겠지. 결국, 신세계를 탐험하고 싶다면 제국군과 함께 행동해야 할 터. 직접 가보면 유릭도 그게 최선이라는 걸 알게 되겠지.'

얀키누스는 여전히 유릭이 모험과 탐험에 목마른 사내라고 믿었다. 단지 남의 부하가 되기 싫어하는 천성 때문에 등용을 거절한 거로 생각했다.

'역시 도전과 모험을 두려워하는 사내는 아니야. 나와 노야의 눈이 잘못됐을 리가 없어.'

황제 얀키누스는 똑똑하고 오만했다. 그는 제국이 세상에서 가장 뛰어나다고 믿고 있었다. 그래서 단 하나의 다른 가능성을 염두에 두지 않았다.

'두 세계를 먼저 통과한 사람이 있을 거라는 가능성.'

유릭이 쓴웃음을 지었다. 제국은 대단했다. 제국의 탐험대가 아니었다면 유릭은 결코 산맥을 넘지 못했을 것이다. 평생 하늘산맥을 바라보며 망상만 하다 늙어 죽었을 터다.

'포드갈 아르텐.'

유릭이 그 이름을 읊조렸다. 유릭을 저쪽 세계에서 끌고 온 사내의 이름. 리갈 아르텐과는 형제거나 친족 관계일 터다.

'포드갈은 위대한 탐험가였군.'

유릭은 이제야 그 낯선 기사가 얼마나 대단한 존재였는가를 깨달았다. 그는 두 세계를 직접 연결한 사내였다. 비록 인간의 역사에 남진 않을지라도, 신들은 포드갈 아르텐을 기억할 터다.

"그리고 강철갑옷은…… 내 부탁을 하나 더 들어준다면 공방에 연락해 두지."

얀키누스가 음흉한 미소를 지었다.

저벅, 저벅.

얀키누스와 유릭은 백야궁으로 향했다. 달콤한 향이 코를 찔렀다. 입구 좌우로는 매일 새로 꺾은 꽃들이 화사하게 꽂혀 있었다.

끼이이익.

하인이 눈을 내리깔며 문을 열었다. 기다렸다는 듯이 백야궁의 여자들이 나와서 엎드렸다. 얀키누스는 엎드린 여자들의 등을 밟으며 성큼성큼 안으로 들어섰다.

"이곳에 자네를 미워하는 여자가 있네."

"누군지 알 것 같군."

유릭은 헐벗은 거나 다름없는 여자들을 바라봤다. 천 쪼가리로 음부만 겨우 가린 이들이 허다했다.

"좀처럼 부서지지 않는 여자지. 나는 그런 여자를 좋아하지만, 다른 한편으로 부숴 버리고 싶네. 내 마음을 이해하겠나?"

"글쎄……."

유릭은 얀키누스의 향락을 바라봤다. 아무리 황제라지만 얀키누스는 타락이라는 말이 어울릴 정도로 방탕했다. 마치 그는 정상적으로 애정을 주고받는 법을 모르는 것 같았다.

"다미아를 안아라, 유릭."

얀키누스가 명령조로 말했다. 얀키누스의 눈동자가 격정과 광기에 휩싸였다. 유릭에게 안긴 다미아의 반응이 벌써부터 기대됐다. 관계가 파탄 날수록 그의 흥분은 더 커질 뿐이었다. 생각만 해도 몸이 달아올라 아랫도리가 뻣뻣해졌다.

'원래라면 내가 부탁하고 싶은 일이지만…….'

다미아는 절세의 미녀다. 그녀와 하룻밤을 보내고자 인생을 내던지는 사내도 있을 정도다. 유릭도 몇 번이나 다미아에게 정욕을 느꼈었다.

삐걱.

유릭이 손대지 않았는데도 문이 열렸다. 드레스를 곱게 차려입은 다미아가 문고리를 잡은 채로 유릭과 얀키누스를 바라봤다.

"아아."

다미아가 서글서글한 눈을 들었다. 탄식인지 감탄인지 모를 외마디였다.

"오늘 밤 네 상대는 유릭이다, 다미아. 나를 모시듯 대해라."

얀키누스는 문밖에서 말했다. 그의 입꼬리가 경련하듯 씰룩였다.

'나를 파멸로 몰아간 사내.'

유릭이 아니었다면 바르카가 왕좌를 차지할 일은 없었을 터다.

다미아가 말없이 유릭의 손을 잡아서 침대로 끌었다. 유릭은 할 말이 없어 입을 다물었다. 마음은 심란하지만, 그의 하반신은 부드러운 여자에 반응했다.

'나는 이제 공주도 아닌 창부로구나.'

웃음이 나왔다. 포기한 듯 공허한 미소가 아름다웠다.

"넌 지독하리만큼 고약한 계집이지. 네가 이 꼴이 된 건 자업자득이다."

유릭이 말했다.

"말하지 않아도 알고 있어. 내가 벗을까? 아니면 찢을 거야?"

다미아가 드레스 끈을 매만졌다. 유릭이 잠시 머뭇거리다가 끈을 푸는 다미아의 손을 잡았다.

"나는 너를 안지 않을 거야. 어찌 됐건 지금의 너는 불쌍한 계집이니까."

유릭이 그렇게 말하고는 몸을 일으켜 세웠다.

'여기서 다미아를 안으면 부서질지도 모르겠군.'

누이의 영혼이 부서지는 건 파헬도 원치 않을 것이다.

"나를… 동정하지 마라, 더러운 야만인! 야만인이면 야만인답게 나를 안아. 욕망밖에 모르는 짐승 같은 버러지야!"

다미아가 악을 쓰며 외쳤다. 유릭이 짜증을 내며 다미아를 밀쳤다.

"내 이름은 유릭이지, 짐승이 아니야."

"닥쳐, 넌 짐승이야! 여자를 보면 환장하는 짐승!"

다미아가 달려들더니 유릭의 목덜미를 붙잡아 졸랐다.

'간지럽군.'

다미아의 손으로는 유릭의 목을 전부 감싸지도 못했다. 거기다가 단련된 목근육은 꿈쩍도 하지 않았고, 잘 기른 손톱을 날카롭게 세워봐도 유릭의 피부를 뚫지 못했다.

'날 동정해? 야만인 주제에? 날 궁지로 몰아간 장본인이?'

죽은 줄 알았던 분노와 증오가 타올랐다. 유릭의 작은 동정이 불씨를 지핀 셈이었다. 추할 정도로 도도한 자존심, 그게 다미아의 지탱하고 있었다.

"아아, 이제 알겠어! 넌 내 동생을 사랑하는 거였어! 남자를 좋아하는 남자라니! 역겹구나! 그냥 짐승이 아니라 저주받은 짐승이었어! 내 동생을 도운 것도 다 그런 거였군! 제법이야, 바르카. 엉덩이로 남자를 꼬실 줄도 알다니 과연 내 동생이로구나. 물론 나도 인정해! 바르카의 엉덩이가 예쁘긴 하지! 깔깔!"

다미아가 미친 사람처럼 나오는 대로 지껄였다. 문밖에서 얀키누스의 웃음이 퍼졌다.

"후회할 거다, 다미아 공주."

유릭이 마지막으로 경고했다.

"후회? 내가 그런 걸 할 것 같아?"

짝!

다미아가 유릭의 뺨을 세게 때렸다.

'이 망할 년이.'

유릭은 정신이 번쩍 들었다. 한 줌 남아 있던 동정심마저 싹 날아갔다.

"저주받은 짐승으로 오해받을 바에야 그냥 짐승이 되는 게 낫겠지."

유릭이 중얼거리며 다미아의 양손을 붙잡았다. 그는 다미아의 드레스를 찢어발겼고, 자신의 바지를 단숨에 벗어 던졌다.

"……여러모로 짐승이로구나."

다미아는 바지를 벗은 유릭의 하반신을 보고 잠시 후회했다. 바지 아래에 숨어 있던 짐승은 생각 이상이었다.

아침이 되자 다미아는 기절한 채로 침대에 누워 있었고, 유릭은 땀으로 젖은 머리카락을 젖히며 고개를 들었다.

"거봐, 후회한다고 했잖아."

유릭이 방을 나서며 말했다. 그가 복도에서 바지 끈을 죄며 졸린 눈을 깜빡였다.

"훌륭했네! 유릭!"

옆방에 있던 얀키누스가 외쳤다. 날이 밝았는데도 그곳에서는 여인의 신음과 비명이 끊이지 않았다. 유릭은 그 방에서 어떤 일이 일어나고 있는지 보고 싶지 않았다.

끼익.

유릭이 지나가자, 얀키누스가 있던 방문이 열렸다. 호위기사 한 명이 채찍에 맞아 피투성이가 된 여자를 질질 끌고 나왔다.

황제 얀키누스, 그에게 모든 사내는 도구이며 모든 여자는 장난감이다. 좋은 도구는 대대로 물려받아 쓰지만, 가지고 놀던 장난감은 낡고 부서지면 버릴 뿐이었다.

서부에서 끌려온 사내는 사흘을 버티지 못하고 죽었다. 그의 죽음을 안타까이 여기는 사람은 유릭뿐이었다. 유릭은 마지막까지 그와 단독으로 대면할 기회가 없었고, 이름조차 듣지 못했다.

세 달 뒤, 유릭은 리갈 아르텐과 함께 하늘산맥으로 떠났다. 리갈 아르텐은 전초기지 건설과 산맥 개척의 임무를 맡았다. 마침 계절은 봄을 넘어 여름을 향해 달렸다. 고고한 하늘산맥의 기세조차 녹음으로 한결 누그러지는 그런 시기였다.

Chapter 10

'야만인이지만 폐하께서 아끼는 사람이다.'

리갈 아르텐은 동행하는 유릭을 바라봤다.

'이자가 아직 이름도 붙지 않은 야만전사단의 단장이 될지도 모르지.'

제국에서는 야만전사들을 모으고 있었다. 태양전사단과 달리 개종하지 않아도 된다는 조건 때문에 많은 야만인이 모여들 터였다. 태양사제나 귀족들은 개종하지 않은 야만전사를 직할부대로 둔다는 소식에 불만을 품었지만, 황제에게 직접적 불만을 드러내진 않았다.

'친해져서 나쁠 건 없어.'

리갈 아르텐은 유릭을 야만인이라 무시하지 않았다. 자신과

동등한 사람으로 대우했다.

"절벽과 협곡?"

유릭이 고개를 갸웃했다. 그는 눈을 가늘게 떴다.

리갈은 하늘산맥에서도 험지에 속한 협곡으로 향했다. 그 뒤로는 제국공병 100여 명이 따라왔다.

"길을 뚫으려면 오히려 이쪽이 낫습니다, 유릭 공. 그간 많은 탐험대가 산맥에 도전했으나 번번이 좌절했죠. 산을 오르고 소식이 끊긴 자도 여럿입니다."

리갈이 말했다. 그는 길이 없어 보이는 협곡을 바라봤다. 협곡의 절벽은 무척 가팔라서 사람이 지나갈 곳은 없었고, 밑으로는 폭포에서 떨어진 물살이 거칠게 휘몰아쳤다. 협곡의 물줄기를 따라가면 폭포가 몇 차례나 연속으로 있어서 배를 타고도 가지 못했다.

'솔직히 나도 하늘산맥을 자력으로 넘을 자신은 없어.'

유릭이 높게 솟은 하늘산맥을 바라봤다. 유릭도 봉우리까지는 포드갈의 탐험대에게 끌려갔었다. 그 뒤로는 무작정으로 밑으로 뒹굴며 내려왔었다.

산맥을 한 번 오갔다고 다시 쉽게 왕복할 수 있었다면, 오랜 세월 동안 두 세계가 접촉하지 못했을 리가 없다. 산맥은 여전히 인간의 발길을 거부하는 신의 영역이었다.

리갈이 유릭의 반응을 읽으며 설명을 덧붙였다.

"저도 완만한 능선을 따라 몇 번을 도전했습니다. 아무리 완만해도 결국 산을 끝까지 올라야 하지요. 산을 오르면 태반이 고산병, 아, 고산병이라는 건 높은 지대까지 가면 생기는……."

리갈이 잡다한 말을 했다. 그는 숨을 돌리며 다시 협곡을 가리켰다.

"……그러니까 결국 산맥을 넘는 거로 군대가 이동하는 건 불가능하다는 이야기로군."

유릭이 이해했다는 듯이 고개를 끄덕였다.

"그렇죠. 유릭 공은 머리가 좋으시군요. 직접 산맥을 겪어보지 못한 귀족들에게 이걸 설명하면 '제국군은 할 수 있어!', '그깟 고산병이 뭐라고, 약한 놈이나 걸리는 거지!'라는 말 따위를 하더군요. 하여튼 소수의 탐험대도 산맥을 넘는 데 어마어마한 예산과 시간을 썼습니다. 아무리 사기가 높은 제국군일지라도, 열정과 기백만으로는 산맥을 넘지 못합니다. 제가 장담컨대 제국군조차 산맥을 올랐다간 눈밭에서 뼈를 묻을 겁니다."

리갈은 유능한 인재였다. 황제는 지난 십 년 동안 탐험대들을 산맥으로 보냈다. 그중에서 유일하게 왕복이라는 성과를 올린 자였다. 그는 현실적인 한계를 생각하며 조금씩 산맥을 정복했었다.

"이 협곡은 하늘산맥에서 가장 험한 지형입니다. 그냥 조금만 헛디뎌도 죽고 말지요. 참고로 협곡 이름은 아르텐 협곡이라 지었습니다, 하핫."

리갈이 뒷머리를 긁적이며 웃었다. 그가 속한 아르텐 가문은 주요 탐험가문 중 하나였다.

"여길 지나갈 수 있겠어?"

"저는 이 협곡을 통해서 산맥을 통과했습니다. '넘었다'가 아니라 '통과'했다는 거죠."

"오호라?"

유릭이 손바닥으로 무릎을 쳤다. 생각지도 못한 발상이었다.

유릭의 반응에 리갈이 신이 나서 말을 이었다. 속으로 하품하며 말을 듣는 귀족과 달리 유릭은 정말로 리갈의 말에 흥미를 느꼈다.

"협곡을 통해서 가면 산맥 중에서는 그나마 저지대에 속합니다. 물론 높은 건 마찬가지이지만 다른 곳을 통과하는 것보다는 훨씬 낫지요. 그간 산맥을 통과할 만한 길은 전부 찾아봤지만 군대가 이동할 만한 길은 여기뿐입니다."

"댁 말만 들으면 산맥 정복은 코앞이로군."

"하지만 아르텐 협곡에는 치명적인 단점이 있죠."

"말하지 않아도 알아."

유릭이 쓴웃음을 지었다. 하늘산맥에서도 가장 험한 지형,

그 말의 의미는 뻔했다.

"탐험대원은 42명이었으나, 아르텐 협곡을 왕복하고 나서는 18명으로 줄었습니다. 제 탐험대원들은 십 년 동안 하늘산맥만 바라본 산악전문가들이었습니다. 그런 이들조차 왕복하고 나서는 절반으로 줄었죠. 서부야만인을 네 명이나 생포했었는데, 우리도 인원이 부족하다 보니 약해진 두 명은 절벽 밑으로 던지고 왔습니다. 도저히 데려올 방법이 없어서요. 남은 두 명 중에서도 하나는 오는 길에 병사했죠."

유릭이 땅바닥에 있는 돌을 매만지다가 주먹을 쥐었다. 돌이 깨지면서 파편이 땅에 떨어졌다.

"…그런데도 군대가 여길 지나갈 수 있다고 확신해?"

유릭이 숨을 고르며 말했다.

'아직은 리갈을 죽일 때가 아니야.'

리갈은 유용한 지식을 많이 알고 있었다.

"등반다리와 사다리를 건설할 겁니다. 가파른 절벽을 따라 다리를 설치하면 지나가기가 훨씬 수월해지겠죠. 꽤 오랜 시간이 걸리겠지만요. 앞으로 '야일루드'라고 불릴 길입니다."

"얀키누스의 이름을 따서 짓다니 웃기는군. 자기는 저 멀리서 손가락 까딱하지 않으면서 말이야."

"말조심하시죠, 유릭 공."

리갈이 경고했지만 내심 그도 그런 생각이 있었다. 황제의 명만 아니었다면 개척로는 자신의 이름을 따서 지었을 터다.

리갈과 제국공병은 하늘산맥 아래에 아르텐 전초기지를 세웠다. 그들은 근처의 현지인을 고용해 일꾼으로 썼다. 전초기지를 건설한 지 두 달이 더 지났고, 아르텐 전초기지는 나날이 커져서 상인을 비롯해 창부들도 모여들었다.

"킬리오스, 아무래도 너를 데려가진 못할 것 같아."

전초기지의 마구간에 앉은 유릭이 당근을 반으로 쪼개며 말했다. 그는 킬리오스의 입안에 쪼갠 당근을 던지고, 남은 당근은 으적으적 씹어 먹었다.

"히잉."

킬리오스는 당근을 먹고는 기분 좋은 소리를 냈다. 기다란 혓바닥으로 유릭의 뺨을 핥았다.

유릭은 하늘산맥을 바라봤다.

제국군은 협곡의 절벽을 따라 다리를 짓는 중이었다. 발 하나 겨우 내디딜 만한 절벽 틈에 통나무를 깔고 절벽에 고정시켰다. 기름 먹인 밧줄로 통나무를 줄줄 엮어서 튼튼하게 이었다.

하루도 쉬지 않았는데도 진척은 느렸고, 일꾼들도 하루가 멀다 하고 절벽 아래로 떨어져 죽어 나갔다.

'피로 쌓아 올린 다리로군.'

사람이 죽어나가는 만큼 협곡의 개척로는 길어졌다.

유릭은 킬리오스를 전초기지에서 멀지 않은 마을의 농가에 맡겼다. 금화를 단단히 쥐어주고 잘 보살피라 말했다.

"부족함 없이 보살펴. 내가 돌아왔을 때 킬리오스가 엉망이 되어 있으면……."

"무, 물론입니다, 나리."

농부가 고개를 세차게 끄덕였다. 유릭은 웃으면서 농부의 뺨을 툭툭 쳤다.

'준비는 끝났다.'

리갈과 탐험대는 산맥을 한 번 더 넘을 계획이었다. 야일루드 건설을 위한 지형탐사를 겸한 등반이었다.

이번 등반에는 유릭도 동행했다. 리갈은 만반의 준비를 마친 뒤에 자신의 탐험대원을 소집했다.

"그걸 전부 들고 갈 생각입니까? 유릭 공."

리갈이 유릭의 짐을 보며 고개를 절레절레 흔들었다. 다른 사람보다 짐이 두 배는 많았다.

"야만인과 싸울지도 모르잖아. 갑옷도 챙겨야지."

유릭이 자신의 덩치에 맞춘 강철흉갑을 가볍게 두드리며 말했다. 철판 밑으로는 모피가 삐죽 튀어나왔다. 제국공방에서 제작된 강철흉갑은 시중에서 구하기가 힘든 명품무구이며, 흉갑 부위만으로도 치명적인 부상을 막기에는 충분했다. 화살이든 칼이든 흉갑을 뚫지 못했다.

"웃차."

유릭은 모피를 밑에 덧댄 흉갑을 입고 있었고, 나머지 갑옷 부위는 짐 안에 쑤셔 넣었다. 전신을 감싸는 갑주는 아니었지만, 투구나 각반, 장갑 같은 부위는 있었다. 그런 갑옷 덕분에 짐의 부피와 무게가 상당히 늘어났다.

'성능은 확실해. 저번 같은 불량품이 아니야.'

유릭이 흉갑을 매만지며 흐뭇하게 웃었다. 손끝에 닿는 매끄러운 표면 때문에 기분이 좋았다. 얀키누스는 다미아를 사정없이 겁탈한 유릭에게 상당히 만족했고, 약속대로 유릭에게 강철갑옷을 제공했다.

'그리고 이것도 까먹으면 안 되지.'

유릭이 씨앗 주머니를 잘 챙겨 넣었다. 오랫동안 농경정착생활을 해온 문명인들은 튼튼한 품종의 작물을 많이 가지고 있었다.

'척박한 서부에서도 제대로 자라날지 몰라.'

유릭이 조용히 탐험대를 따라 개척로를 걸었다.

리갈과 동행하는 탐험대원은 여섯 명이었다. 단순히 경로탐색과 정찰이 목적이기에 많은 사람을 데려가진 않았다.

"여기서부터 건설 중인 개척로가 끝납니다."

앞서가던 탐험대원이 말했다. 그들은 저번 등반 때에 박아둔 말뚝을 바라봤다.

"아직도 잘 박혀 있군."

리갈이 절벽에 박힌 말뚝들을 확인하며 말했다. 그들은 없는 길도 만들어서 산맥을 돌파했었다.

"먼저 올라가서 밧줄을 내리겠습니다, 리갈 경."

몸이 날렵한 탐험대원이 밧줄을 걸치곤 맨몸으로 절벽을 올랐다.

휘이이이잉!

협곡을 따라 바람이 불었다. 급작스러운 바람이었다.

"제길!"

리갈이 당황하며 위를 바라봤다. 허리에 밧줄을 묶고 움직이던 탐험대원이 떨어졌다.

쿵!

탐험대원은 허리와 말뚝 사이로 연결한 밧줄 덕분에 낙사는 면했으나 절벽에 머리를 박았다.

"빌어먹을!"

당장에라도 구하고 싶었으나, 협곡에서 부는 바람이 멎을 때까지 기다려야 했다. 바람이 멈춘 뒤에야 쓰러진 탐험대원을 밑으로 내렸다.

"죽었군."

리갈은 탐험대원이 숨을 쉬지 않는 걸 확인하며 쓰게 웃었다.

다음 탐험대원은 별일 없이 절벽을 올랐다. 절벽에 올라선 탐험대원이 밧줄을 내려서 사람 하나를 더 올렸고, 남은 짐도 밧줄을 통해 올렸다.

"잘 붙잡고 올라가십시오."

충고를 들은 유릭이 내려온 밧줄을 잡고 절벽을 올랐다.

탐험대는 같은 방법으로 절벽을 여럿 통과했다. 굉장히 능숙한 등반 솜씨였다.

'과연 대단하군. 많은 걸 배웠어.'

유릭도 제대로 된 산악등반은 처음 경험했다. 탐험대의 십 년 경험이 축적된 등반법이었다.

'소수의 탐험대는 이렇게 넘으면 되지만, 군대가 이런 방식으로 산맥을 통과하진 못해. 그래서 절벽 옆으로 개척로를 짓는 거로군. 시간은 오래 걸리겠지만……. 절벽길이 완성되면 군대도 오갈 수 있겠지.'

사람은 말로만 들어서는 쉽게 이해하지 못한다. 직접 보고 경험하는 것보다 좋은 이해방법은 없다. 유릭은 힘들게 개척로를 건설하는 이유를 온전히 이해했다.

'숙련된 탐험가들은 위험해.'

조금만 시간이 더 지나면 이런 탐험가들은 산맥을 자유자재로 오갈지 모른다. 처음이 힘들 뿐이지, 두 번, 세 번이 지나면 갈수록 오가는 게 쉬워질 터다.

'유감이로군.'

유릭은 쓴웃음을 지었다. 탐험대에 개인적인 악감정은 없었다. 그들은 황명을 받들어 자신의 역할에 충실했을 뿐이다. 유릭은 문명을 이해하는 야만인이었다.

'리갈과 탐험대원들은 문명인 입장에서는 좋은 사람들이지.'

리갈은 산맥을 정복하고 그 증거로 야만인을 데려왔다. 그들로서는 잘못된 게 하나도 없었다. 야만인들에게 약탈은 선악과 상관없는 일상인 것처럼, 문명인에게 야만세계를 정복하는 건 당연한 일이었다.

'하지만 내 형제는 너희들의 노예가 아니야……'

유릭은 정복당한 야만인들의 결말을 똑똑히 봤다.

이름 모를 동포의 죽음에서 유릭은 자신의 근본을 깨달았다. 아무리 문명세계를 동경하고 그곳에 몸을 담더라도, 유릭의 영혼은 산맥의 서쪽에 있었다. 그가 돌아가야 할 곳은 태양이 지는 방향.

고개를 들면 산맥 중턱에 걸친 눈의 고리가 보였다. 아무리 여름이라지만 산맥에선 계절이 무색할 정도로 한파가 몰아쳤다.

"후우."

입김이 길게 흔들렸다. 피부 위로는 한기가 돈다.

탐험대원들은 말없이 겉옷을 하나씩 더 꺼내 입었다. 그들은 이틀을 더 산맥에서 보냈다. 절벽지대가 끝나고 완만한 능선이 나왔지만, 누구 하나 끝났다는 말을 꺼내지 않았다. 이제부터 시작이라는 걸 그들은 알고 있었다.

"저 아래 보입니까?"

리갈이 능선 아래에 펼쳐진 협곡을 보며 말했다.

"보여."

유릭은 하얗게 서리 낀 턱을 매만지며 고개를 끄덕였다.

"야일루드를 계속 건설해서 저기까지 길을 만들 겁니다. 지금이야 발을 디딜 곳도 없으니 아무도 저기로 지나가지 못하지만, 절벽 옆으로 계속 다리를 건설한다면 길이 되겠지요. 저길 그대로 지나간 뒤에 협곡을 올라가면 밑으로 쭉 내려가는 길이 나옵니다."

"오, 그럼 거기서부터 쭉 내려가면 서부에 도착한다는 건가?"

유릭이 눈을 크게 뜨며 말했다. 리갈은 고개를 저었다.

"계획상으로는 그러한데, 사실은 바윗길인 데다가 내리막이라 발목을 다칠 위험이 크죠. 탐험대 중에도 거길 지나가다가 발목이 부러진 사람이 많았습니다. 저는 바위를 치우고 길을 새로이 만들 생각입니다. 일단은 절벽다리부터 완성한 뒤의 일이죠."

리갈은 허투루 산맥을 넘은 게 아니었다. 그는 서부의 땅과 야만인의 존재를 보고 나서 군대를 어떻게 이끌고 와야 할지 매일 밤 생각했었다. 개척로는 이미 그의 머리에 완성되어 있었다.

'리갈은 대단한 사람이다.'

리갈의 손가락을 따라 설명을 들으면 아직 건설하지 않은 길조차 환히 보였다.

유릭은 산맥을 넘는 제국군을 생각했다. 야일루드가 완성되면 제국군은 산맥을 넘을 수 있었다. 그건 불가능한 일이 아니다.

'황제는 어떤 희생을 치러서라도 산맥을 넘을 거야. 그만한 권력이 놈에게 있지.'

유릭은 등골에 스미는 오한 때문에 몸을 파르르 떨었다. 슬쩍 웃음이 나왔다.

'한번 해보자고.'

산맥의 밤은 길었고, 별들은 더욱 선명했다. 오를수록 하늘에 가까워진다는 기분이 들었다.

날이 저무는 걸 확인한 탐험대는 큰 바위 뒤에서 바람을 등지고 천막을 쳤다. 곧 그들은 미리 가져온 장작으로 모닥불을 만들어 체온을 덥혔다.

타닥, 타닥.

유릭이 모닥불 가까이 손을 뻗었다. 온기가 좋았다.

"만약 협곡을 통하지 않았다면 저기로 통과해야 했을 겁니다. 장난 아니게 높은 저 봉우리가 보이실 겁니다. 제 형인 포드갈 아르텐은 저 봉우리를 타고 가는 길을 공략했었는데 지금은 연락이 끊겼습니다. 아마 죽었을 겁니다. 탐험대에겐 흔한 일이지요."

포드갈 아르텐이라는 말에 유릭은 눈을 가늘게 떴다.

'포드갈 아르텐.'

잊지 못할 기억이었다.

'내가 내려갔던 길이 저기로군.'

유릭은 봉우리 아래를 바라보며 생각했다. 그땐 워낙 경황이 없어서 길을 머릿속에 새기지 못했다.

'이번에는 길을 전부 외웠어.'

유릭이 길을 전부 외웠다고 말한다면 리갈은 믿지 못할 것이다. 유릭을 비롯해 야만인들은 대체적으로 기억력이 좋았다. 정해진 길도 없고 표식도 없는 야만세계에서 기억력이 나쁜 이들은 혼자서 길을 찾지도 못한다. 그곳에서 하나하나 되새겨 가며 친절하게 가르쳐 주는 사람은 없다. 기억하지 못하면 도태되어 죽을 뿐이다.

'문명세계는 나약한 사람도 살아남을 수 있게 배려하지.'

자연 상태에서 도태되고도 남을 약자조차 살아남을 수 있는 세계, 그건 문명의 미덕이었다. 야만인이 문명인보다 생명력이 질기고 강인한 건 종자가 달라서도 아니고 우연도 아니다. 좀 더 자연의 본질에 가까운 야만세계에서는 약한 개체가 도태되고, 똑똑하고 강한 개체만 남게 된다.

야만인이 문명인보다 힘만 세고 멍청할 것이라는 건 문명의 망상일 뿐이었다. 야만인들은 강하면서도 똑똑했다.

"얼핏 본 서부는 황량해 보였습니다. 숲과 산이 있으나 그만큼 황무지도 많았죠. 다른 곳에서 보기 힘든 극단적인 풍경이었습니다. 물길도 있긴 했으나 농사를 지으려면 관개수로를 잘 닦아놔야겠더군요."

리갈은 자신이 본 서부에 대해 말했다. 유릭은 말린 빵을 씹어 먹으며 고개를 끄덕였다.

'정확하게 보고 왔군.'

리갈의 설명은 유릭의 기억과 일치했다.

"폐하께선 무슨 일이 있어도 산맥 너머를 정복하려고 하겠지만, 제가 생각에는 땅만 봐선 수지타산에 맞는 사업은 아닙니다. 아마도 정복비용을 메꾸기 위해서 노예사업에 주력하겠죠. 남부와 북부를 정복했을 때도 처음에는 노예를 팔아서 비용을 메꿨죠. 좋은 선례가 있으니 따라갈 겁니다."

"야만인융화정책을 펼친다면서 야만노예가 뻔히 돌아다니는 세상이라니 대단하군."

유릭이 반쯤 비꼬았다.

"그건 정책과 무관합니다. 문명인 노예도 많습니다. 야만인이든 문명인이든 운이 나쁘면 노예가 되는 거죠. 어쨌든 군대가 산맥을 넘는 것만으로도 비용이 어마어마하게 들 겁니다. 노예사업이 아닌 이상에야 단시간에 그만한 비용을 메꿀 방법은 없죠. 이건 확실합니다."

리갈이 모닥불 앞에서 옅게 웃었다.

'아르텐 가문이 대귀족가로 성장할 기회다.'

아르텐 가문은 기사를 많이 배출했을 뿐이지 명문가는 아니었다. 기반이 허약한지라 어느 날 갑자기 몰락해도 이상할 게 없는 가문이었다. 그들이 위험천만한 서부탐험에 적극적으로 뛰어든 것도 후손을 위해서였다.

'아르텐은 개척에 앞장선 가문이 되겠지. 노예사업을 선점할 수 있어.'

노예사업은 돈이 된다. 한번 부를 축적한 가문은 쉽게 망하지 않는다.

리갈의 눈동자가 야욕으로 번들거렸다. 욕망이 없는 자는 위업을 해내지 못한다. 추악하든 고고하든 열망과 욕망이 인간을 이끈다.

"저번에 생포한 놈들이 남자밖에 없는 게 정말 아쉽더군요. 이곳 야만인 계집은 어떤 맛인지 궁금했는데 말입니다."

탐험대원 하나가 아랫도리를 들썩이며 말했다.

"하, 그러고 보니 넌 남부고 북부고 한 번씩 다 쑤셔봤겠군. 어느 구멍이 제일 좋더냐?"

리갈이 낄낄 웃으며 음담패설을 받았다.

"남부년이 쫄깃한 게 아주 죽여줍니다. 북부는 좀 풍만하고 큼직한 맛이 있는데, 결국 하라면 남부년이 최고죠. 이번에는 여자도 몇 생포해 옵시다."

"우리 목적은 정찰이다. 아직 놈들의 마을을 습격할 정도는 아니야. 규모가 어느 정도인지는 아직 감도 안 잡혀."

"땅을 정복하는 위업은 황제폐하께 넘겨도, 서부 여자를 처음 정복하는 건 우리가 먼저 해야 하지 않겠습니까?"

"그 말도 일리가 있군!"

리갈이 무릎을 치며 외쳤다.

'기분이 나빠.'

유릭이 한숨을 내쉬며 저들의 말을 들었다. 유릭도 저런 말을 자주 했었다. 하지만 저들의 입에서 저걸 듣고 있자니 화가 부글부글 끓었다.

"만약 계집을 데려오면 아주 비싼 값에 팔리겠지. 서부의 조개를 맛보려고 귀족들이 천금 만금을 지불할 거야. 주머니가 두둑해지겠어! 유릭 공은 관심이 없습니까? 아까부터 조용하군요."

리갈이 유릭에게 말을 돌렸다. 대화에 끼지 못하는 유릭에 대한 배려였다.

"나는 공주를 따먹었어."

유릭이 뜬금없이 말했다. 그가 두둑하게 걸친 모피 덕분에 안 그래도 큰 덩치가 훨씬 커 보였다.

"공주?"

"다미아 공주가 맛있더군."

"그 포를카나에 온 다미아 말이로군요! 왕족인 데다가 폐하의 애첩인데……. 농담의 질이 좋지 않습니다."

"농담이 아니야, 밤새 백야궁에서 공주를 안았지. 처음에는 느끼지 않는 척을 하다가 나중에는 본색이 나오더군. 왕족이니 공주니 해봐야 결국 계집은 계집인 거지. 벗기면 다 똑같아."

"유릭 공, 나는 당신을 존중하지만, 야만인이 왕족의 몸에 손을 댔다는 말은 쉽게 넘어가기 힘듭니다. 폐하 앞에서 그런 농담을 했다간 목이 달아날 겁니다."

리갈이 그만하라는 뜻으로 말했다. 음담패설에도 정도가 있었다. 리갈이 보기에 유릭의 말은 정도를 넘어섰다.

"내가 거짓말을 한다는 거야?"

유릭이 웃었다.

"혹시 우리가 야만 여자에 대해 떠든 것에 대해 불쾌함을 느꼈다면 사과하겠습니다. 그러니 그만하시죠. 어이, 유릭 공에게 사과해!"

리갈은 그제야 유릭의 반응이 심상치 않다는 걸 알았다. 음담패설을 던졌던 탐험대원도 공손하게 사죄했다.

"난 정말로 다미아 공주랑 잤어."

유릭이 사과를 받고도 모닥불을 뒤적이며 말했다.

"유릭 공, 그만하십시오. 우린 사과를 했습니다."

유릭은 고민하고 있었다.

'동포의 범위는 어디서 어디까지인 걸까?'

과거에는 동질감을 느끼는 범위가 그저 부족 단위였다. 다른 부족은 교류대상이면서도 적이었다. 유릭은 문명세계를 접하기 전에는 서부라는 넓은 범위의 동질감을 느낀 적이 없었다.

'다른 자들도 나와 똑같이 생각할까? 과거의 내 적들은 문명인의 등장을 보고 어떤 반응을 보일까? 문명이라는 거인 앞에 서면 우리가 동포라는 동질감을 느낄까?'

유릭은 확신하지 못했다.

'같은 민족이자 동포라는 의식이 서부의 사람들에게도 생길까?'

유릭의 묵직한 침묵은 긴장을 불러왔다.

"유릭 공."

리갈이 천천히 유릭의 안색을 살폈다.

"예전에 내가 있는 부족의 여자를 윤간한 놈들이 있었어. 다른 부족의 전사들이었지. 나는 곧장 놈의 영역으로 달려가서 눈에 보이는 족족 잡아 족쳤지. 사흘 동안 숨어다니면서 나는 삼십 명을 죽였어. 지금 생각해도 대단한 짓이야. 난 그걸로 주변 부족까지 이름을 떨칠 정도로 유명해졌지."

탐험대원의 안색이 굳었다.

"협박하는 겁니까?"

"아니야, 고민 중이야. 내 부족의 범위를 어디까지 적용해야 할까 하고 말이지. 앞으로 내가 하려는 일은 사람들의 생각을 바꾸는 일이야."

"그게 무슨……."

"너희는 야만인에게 어떤 문명인 여자가 겁탈당해 죽으면 무척이나 분노하겠지. 한 번도 보지 못한 문명인 여자인데도 분노하면서 그 야만인을 증오할 거야. 만일 야만인들이 옹기종기 모여서 문명인 여자에 대해 이러쿵저러쿵 떠든다면 너희는 불쾌하게 여기겠지. 만약 기사가 듣는다면 칼을 뽑아 그 야만인들의 목을 베고도 남을 거야. 그런 일화를 듣는다면 그 기사를 칭송하며 통쾌하다고 생각하겠지. 당연히 너흰 같은 문명인이니까."

유릭이 눈을 감았다. 그는 머릿속으로 자신의 무기가 어디에 매달려 있는지 생각했다.

"우린 당신의 부족 여자를 모욕하거나 겁탈한 적이 없으며, 북부의 여자에 대해 과하게 모욕하지도 않았습니다. 그것마저도 사과했고요."

리갈도 서서히 짜증을 냈다. 유릭의 트집에 화가 났다.

"나도 예전에는 서로를 동족이라고 생각해 본 적이 없었어. 그저 가끔 사이좋을 때도 있고, 나쁠 때도 있는 타인이라 생각했지. 이젠 그 생각을 바꿔야 돼, 나도 다른 사람들도. 그러니까 나부터 실천할 거야."

키이이잉.

유릭이 칼을 뽑았다.

"미쳤군! 유릭!"

리갈이 소리를 질렀다. 다른 탐험대원도 무기를 뽑았다.

"나는 미치지 않았어. 바위도끼 부족의 유릭은 서부에서 왔지. 나는 이제 서부의 유릭이 될 거야."

형제를 모욕한 자에게 죽음을. 그리고 서부의 동포를 모욕한 자들에게도 죽음을.

결정은 끝났다. 이게 옳다. 유릭은 그렇게 생각했다. 고리간의 스벤이 문명세계에서는 북부의 스벤인 것처럼, 유릭도 문명인 앞에서는 서부의 유릭이었다.

새하얀 눈이 피로 젖었다. 칼과 도끼가 오간다. 모닥불에 닿은 피가 치이익거리며 증발했다. 유릭은 고함을 지르며 문명인의 두개골을 깨부수고 그들의 척추를 갈랐다.

산맥의 바람이 분다. 유릭은 양손에 시체를 하나씩 쥐고는 절벽 아래로 던졌다.

시체를 처리한 유릭이 서쪽과 동쪽을 번갈아 바라봤다. 동쪽을 바라보는 눈동자가 아련했다. 분노도 증오도 없었다. 아직도 가슴 한구석에는 문명에 대한 동경이 타올랐다.

유릭은 걸었다. 문명을 등지고, 고향을 향해.

하늘산맥에는 야생동물이 많다. 어느 부족에서나 산맥은 금기의 영역이었고, 노련한 사냥꾼들도 산맥 안으로 깊게 들어오지 않는다.

"후욱, 후욱."

유릭은 산양처럼 바위산을 홀쩍홀쩍 뛰어다녔다. 자칫하면 내리막길로 떨어지거나 발목이 부러질 수도 있었다.

"제길."

유릭은 욕설을 내뱉으며 뒤를 쳐다봤다. 그의 입김이 길게 이어졌다.

'발목과 무릎이 시큰거리는걸.'

그는 묵직한 짐을 짊어지고 바위 사이를 뛰어서 오갔다.

"웃기는 일이군."

유릭이 머리를 긁적였다. 그가 안주머니를 뒤져서 생고기를
꺼냈다.

으적.

움직이면서도 생고기를 뜯어 먹었다. 신선한 생명이 몸에
스며드는 듯했다.

'늑대나 곰도 아니고 사슴에게 쫓기다니.'

누가 들으면 웃을 일이었다. 유릭은 곰도 혼자서 잡아내는
사내였다. 무기 하나만 있으면 자연계에서도 천적이 없다시피
했다. 그런 그가 사슴에게 쫓기고 있었다.

'건드리면 안 되는 녀석이었나……'

유릭이 바위산을 내려가다가 아래가 절벽인 걸 확인했다.

"제기라라랄!"

유릭이 욕설을 내뱉으며 칼을 뽑았다. 그가 칼을 바위틈에
꽂아 넣었다.

카앙!

제국강철검조차 휘청거리며 출렁였다. 일반 철검이었으면
진작 부러졌을 터다.

"후우."

유릭은 간신히 절벽에서 떨어지는 신세를 면했다. 그는 엉거
주춤하게 팔을 뻗어서 바위절벽을 다시 올라갔다. 절벽 끄트

머리를 따라 다시 뛰기 시작했다.

'빌어먹을 하늘산맥.'

리갈 일행과 함께 가장 거친 지형은 넘어왔으나, 그 밑도 험하긴 마찬가지였다.

"우, 우우우우우!"

멀리서 낮은 울음이 들렸다. 유릭이 귀를 쫑긋하며 뒤를 돌아봤다.

"왔군. 내가 죽인 게 마누라나 자식이라도 되는 거냐?"

유릭이 투덜거리며 말했다. 그는 말린 음식이 지겨웠고 신선한 고기가 먹고 싶었다. 늘 그랬듯이 사냥을 했을 뿐이었다. 그는 사슴 무리를 쫓아갔고, 사슴 한 마리를 활로 쏴서 잡았다.

한 마리를 전부 먹진 못하기에 적당히 기름지고 맛있는 부위만 잘랐다. 사슴을 해체하고 있을 무렵에 한 마리의 하얀 사슴이 유릭을 쳐다보고 있었다.

'바로 저놈.'

유릭은 바위산을 가뿐히 뛰어오는 하얀 사슴을 바라봤다. 전신이 새하얀 털로 뒤덮인 사슴이었다. 멀리서 보면 빛이 나는 듯했다. 단단한 사슴뿔은 어지간한 칼보다 길었다.

'덩치가 크다. 곰보다 더 커.'

그냥 사슴이라면 맨손으로도 잡는다. 하지만 상대는 비범한 사슴이었다.

쿵!

사슴이 도약하며 나무를 앞발로 걷어찼다. 근육투성이 앞발이 큼직한 나무를 단번에 부쉈다. 인간이 저 발에 차인다면 한 방에 죽을 것이다.

"우우우우!"

하얀 사슴이 유릭을 바라보며 부러진 나무를 뒷발로 걷어찼다.

콰앙!

통나무가 유릭의 코앞까지 날아왔다. 유릭이 바닥에 바짝 엎드려서 통나무를 피했다.

"미치겠군."

끼이익!

유릭이 재빨리 활을 꺼냈다. 화살을 쏴보지만 하얀 사슴은 힘만 센 게 아니었다.

'화살로는 안 돼.'

유릭이 혀를 절레절레 찼다.

사슴의 덩치는 어지간한 곰보다 컸다. 곰가죽도 화살로는 쉽게 못 뚫는다. 하얀 사슴의 가죽은 곰보다 질겼고, 기다란 하얀 털 때문에 가죽에 닿기도 전에 화살이 털과 뒤엉켰다.

'내가 만나본 짐승 중에서도 최고다. 그 어떤 곰보다도 강해.'

하얀 사슴은 집요했다. 유릭이 철천지원수인 것처럼 자기의 영역을 벗어나면서까지 반나절 동안 쫓았다.

유릭이 아는 사슴과는 달랐다. 사슴은 겁이 많은 짐승이었다. 지금 조우한 하얀 사슴은 맹수였다.

'하늘산맥의 괴물인가……'

가끔 전설이나 전해지는 이야기가 있었다. 하늘산맥에서 마주한 괴물 같은 짐승들, 유릭은 그게 대부분 허풍이라 생각했다. 나이 많은 전사들은 젊은이들에게 자랑하기 위해 전공이나 사냥감을 부풀리는 경향이 있었다.

"인간은 두 발 달린 짐승. 네발 달린 짐승보다 빨리 움직일 순 없지."

유릭이 고개를 절레절레 흔들며 짐을 땅바닥에 던졌다. 그는 칼과 도끼를 뽑으며 하얀 사슴과 마주했다.

키잉!

도끼날과 칼날이 겹치면서 금속성이 났다. 유릭은 호흡을 고르며 하얀 사슴을 쳐다봤다.

"내가 미운가?"

유릭이 중얼거렸다. 사슴이 알아먹을 거라곤 생각하지 않았다.

'하지만 감정이 보여.'

유릭은 눈을 감았다가 떴다. 어느새 하얀 사슴이 가까워졌다. 사슴의 커다란 눈망울은 순진무구하지 않았다. 사냥감이 아닌 전사의 눈이었다.

카앙!

사슴뿔과 유릭의 칼이 뒤엉켰다. 유릭이 다른 손에 있는 도끼로 사슴의 머리를 쪼개려고 했다.

부웅!

하얀 사슴이 머리를 크게 비틀었다. 목을 뒤흔든 사슴의 힘만으로도 뿔을 저지하고 있던 유릭의 몸뚱이가 크게 날아갔다.

"이 새끼가."

유릭이 벌떡 일어나며 외쳤다.

"끄우-우-우-우-우!"

하얀 사슴이 목을 길게 빼며 포효했다.

'눈물?'

유릭은 사슴의 눈이 촉촉해지는 걸 알았다. 분명 하얀 사슴은 눈물을 흘리고 있었다. 포효는 분노만이 아니라 슬픔에도 젖어 있었다.

"우는 거냐?"

유릭이 품 안을 뒤졌다. 그는 아까 먹다 남은 생고기를 꺼냈다.

질겅.

유릭은 하얀 사슴이 보는 앞에서 생고기를 천천히 씹었다.

생고기의 신선한 핏물이 입가를 타고 흘러나왔다.

"맛있어. 아주 맛있는걸."

명백한 도발이었다. 아마도 유릭이 사냥한 사슴은 저 하얀 사슴에게 각별한 존재였을 것이다. 말을 못 하는 짐승도 감정은 있었다.

"우우우우우."

하얀 사슴이 목을 떨구며 분노했다.

"영리하구나. 정말로 대단해."

유릭이 생고기를 꿀꺽 삼켰다. 그가 칼을 앞으로 길게 뻗는 자세를 취했다.

분노에 취한 하얀 사슴은 정면으로 달려왔다. 자신의 뿔과 덩치로 유릭을 절벽 바깥으로 밀어낼 생각이었다.

'내 도발을 알아먹을 정도로 영리했으나, 그걸 참지 못할 정도로 미성숙했기에… 너는 패배하는 거다.'

유릭은 제자리에서 높게 뛰어올랐다. 그는 달려오는 하얀 사슴을 훌쩍 넘으면서 공중에서 빙글 돌았다. 그의 칼날이 하얀 사슴의 뒷목을 찌르며 지나갔다.

'제대로 찔렀다.'

손끝에 감각이 있었다. 유릭은 그 찰나에 칼날로 사슴의 목뼈를 건드려서 끊었다.

"후우."

유릭이 착지하면서 뒤를 돌아봤다. 절벽을 향해 달리던 하얀 사슴이 풀썩 쓰러졌다. 숨만 쌕쌕거리며 눈동자를 굴려 유릭을 쳐다봤다.

"비열하다고 생각해?"

유릭이 하얀 사슴의 머리 쪽으로 다가갔다.

"용서해라, 원래 생존은 비열한 거니까."

푹!

유릭이 칼을 크게 내리쳤다. 그가 하얀 사슴의 목을 완전히 끊었다.

"이걸 가져가면 다들 깜짝 놀라겠지."

유릭이 뿔을 잡아서 사슴의 머리통을 들어 올렸다. 유릭의 몸뚱이만 한 머리였다. 이런 대단한 사냥감을 잡은 걸 알면 부족전사들이 선망의 눈으로 유릭을 바라볼 터였다.

유릭은 지쳤지만, 발걸음은 가벼웠다. 벌써 저 아래로 고향의 땅이 보였다.

'항상 그리웠었어.'

고향의 냄새를 잊은 적이 없었다. 항상 그의 마음 일부는 이곳에 있었다. 근본을 떠나 살 수 있는 사람이 있을까? 그렇기에 스벤은 근본을 버린 태양전사들을 혐오했던 것이리라.

주술사는 마을 바깥에서 사는 경우가 많았다. 그들은 영적인 무언가를 추구했고, 부족원들과 거리를 두면서 신비감을 유지했다. 바위도끼 부족의 주술사도 그런 전통을 지키며 숲 속에서 혼자 살고 있었다.

삐걱.

바람이 분다. 나무로 만든 문짝이 흔들렸다.

늙은 주술사는 낮잠을 자다가 깨어났다. 아직도 잠에 취한 그녀는 말린 약초에 불을 붙여서 연기를 냈다. 연기를 마시자 정신이 상쾌하면서도 명료했다.

"오오."

주술사가 눈을 감으며 입술을 파르르 떨었다. 주름진 얼굴에는 검버섯이 피어 있었다.

촤르르.

주술사가 심심풀이 삼아서 돌점을 쳤다. 잘 깎은 돌들을 바닥에 던져서 하늘의 흐름을 엿보는 점이다.

갑자기 문이 벌컥 열렸다. 바람이 세차게 들어오면서 던진 돌들이 뒤집혔다.

"히익!"

주술사가 황급히 흩어지는 돌을 쓸어 담았다.

"집어치워, 할망구."

익숙한 목소리였다. 눅눅한 전사의 악취가 주술사의 집 안에 퍼졌다.

"유⋯ 릭."

주술사가 천천히 눈을 들었다. 소문은 들었다. 유릭이 산맥의 악령에게 붙잡혔다는 이야기가 있었다. 산맥에 사는 악령들이 금기를 범한 전사들을 벌했다. 당시 유릭과 함께 산맥 중턱까지 갔던 전사들은 처벌을 받았다.

"금기를 범한 자가 돌아왔군. 자네는 악령인가? 사람인가?"

주술사가 손을 떨었다. 그녀는 유릭의 정체를 확신하지 못했다. 주술사는 영적 세계와 현세를 오가는 자들이다. 가끔 눈으로 보고도 현세의 존재인지, 영적인 존재인지 구분하지 못했다.

"당연히 사람이지."

유릭이 늙은 주술사의 뺨을 툭툭 치며 말했다. 그가 그 앞에 앉았다.

"금기를 범한 죄로 어떤 벌을 받았지?"

"말해도 믿지 못할걸. 산맥 너머가 어떤 세상인지⋯⋯. 이건 선물이야."

유릭이 반짝이는 진주 하나를 꺼냈다. 바다의 보석을 본 주술사의 눈이 커졌다.

"내게 무슨 수작인 거냐! 고얀 놈!"

주술사가 지팡이를 들어서 유릭의 머리를 때렸다. 유릭이 어이가 없다는 눈으로 주술사를 쳐다봤다.

"갑자기 왜 때려?"

"이런 불길한 물건을! 오오! 오오!"

주술사가 진주를 보며 흥분했다. 진주는 매혹적인 구슬이었다. 그 아름다움이 불길하게 느껴졌다. 주술사는 자신의 직감과 감성을 믿는 자들이다.

"참나, 그럼 집어치워."

"빛의 전사였던 너는 저주를 받아왔구나! 금기를 범하고도 멀쩡히 돌아오다니!"

주술사가 경기를 일으키며 유릭의 주변에 향초를 태웠다. 유릭은 하품을 하면서 주술사가 하는 꼴을 지켜봤다.

"지금 내가 마을에 가면 환대를 받을까?"

유릭이 슬그머니 물었다.

"모두 네가 금기를 범한 죄로 악령에 붙잡혀간 거로 알고 있지! 가자마자 쫓겨날 게 분명해!"

"그런데 나는 꼭 부족으로 돌아가야 돼. 머지않아 나를 잡아갔던 그 악령들이 몰려올 거야."

주술사의 눈에 핏발이 섰다.

"네가 재앙을 불러왔구나! 유릭!"

주술사가 마른 나뭇가지로 유릭의 몸뚱이를 찰싹찰싹 때

렸다.

"그만 좀 해, 할망구. 장난할 시간 없어."

유릭이 주술사의 마른 나뭇가지를 붙잡아서 부러뜨렸다. 주술사가 엉덩방아를 찧으며 유릭을 쳐다봤다.

"네, 네 등 뒤에서 악령이 보인다! 오오! 산맥을 지키는 분들이시여, 부디 분노를 가라앉히소서!"

유릭은 방 안 한구석에 타오르는 향초를 바라봤다. 유릭도 아까 전부터 연기 때문에 몽롱했다.

쿵!

유릭이 향로를 들어서 바깥으로 내던졌다.

"유-우-우릭!"

주술사가 허겁지겁 뛰쳐나가 향로를 붙잡았다.

"뭐, 건강한 거 봤으니 됐수다! 할망구!"

유릭이 껄껄 웃었다. 그는 마을이 있는 방향으로 걸음을 옮겼다.

"너는 위대한 전사가 될 수 있었다! 유릭! 빛의 전사! 족장이 되어 부족을 번영으로 이끌 전사! 하지만 넌 모든 걸 망쳤어! 금기를 범해 저주를 받았다고! 재앙이 너를 따라올 것이다!"

주술사가 향로를 붙잡고 유릭의 등을 보며 외쳤다. 유릭은 뒤돌아보지 않고 손만 흔들었다.

바위도끼 부족의 전사, 볼드는 한 가지 꿈을 자주 꿨다.

'그 녀석을 놔두고 도망갔으면 안 됐어.'

볼드는 유릭과 함께 산맥을 올랐던 전사의 일원이었다. 그는 유릭을 놔두고 왔고, 유릭은 혼자서 산맥의 악령과 싸우다 사라졌다.

"제기랄!"

볼드가 잠을 자다가 소리를 지르며 벌떡 일어났다. 그의 얼굴에서는 땀이 흥건하게 떨어졌다. 땀을 그렇게 흘리는데도 그의 근육질 몸뚱이는 차가웠다.

볼드는 머리맡에 걸린 가죽 물주머니를 들었다. 물을 벌컥벌컥 마시곤 입가를 닦았다.

'또 그날의 꿈을 꿨어.'

볼드의 턱선은 날카로웠다. 유릭과 산맥을 올랐던 3년 전만해도 소년의 앳된 기색이 남아 있었지만, 지금은 완연한 성인 전사였다.

'아직도 환상 같군.'

그날의 일이 생생하면서도 현실감이 없었다. 산맥에서 내려가서 마을에 도착하자마자 주술사와 노인들에게 산맥에서 있었던 일을 말했다.

'너흰 금기를 범해 산맥을 지키는 영혼들에게 공격을 받은 것이야!'

노인들은 그렇게 말했다. 볼드는 고개를 절레절레 흔들었다.

"그건 악령이나 영혼 따위가 아니었어. 우리와 같은 사람이야. 유릭은 우릴 구하고 죽었어."

볼드가 혼잣말을 중얼거렸다.

'유릭은 이렇게 금기를 범한 죄인 취급을 받아선 안 돼. 용감한 전사였어. 칭송받아 마땅해.'

유릭은 형제를 위해 홀로 적들을 막아섰다. 그 행동은 전사의 귀감이었다.

금기를 범했다는 이유로 주술사들은 유릭의 죽음을 애도하지 않았다. 그의 영혼이 안식을 취하지 못할 것이라고 저주마저 하는 이도 있었다.

'그리고 우리가 싫어하던 부족장 아들이 부족장이 되었지.'

웃음이 나왔다. 볼드는 내심 유릭이 부족장이 될 거로 생각했다. 그 말고 누가 바위도끼 부족을 이끌겠는가? 족장의 혈통보다 전사의 기질이 중요하게 생각하는 노인들이 많았다. 유릭이 이렇게 없어지지만 않았다면, 차기족장으로 유릭을 지지하는 부족민이 많았을 터다.

'우린 스스로 모든 걸 망가뜨린 건가? 유릭.'

젊음의 치기와 호기심은 중죄였다.

현 부족장은 유릭과 그 패거리를 싫어했었고, 볼드는 지금
도 천대받는 처지였다. 그는 자신의 지위를 높이기 위해서 부
족장에게 아부를 떨지 않았다.

'유릭 덕분에 목숨을 구한 녀석들도 결국 부족장에게 굴복
했지. 그럴 수밖에 없긴 해. 미워할 것도 없지. 내가 고지식한
것뿐.'

부족전사들 사이에서 고립된 볼드와 사냥을 떠나는 전사들
은 없었다. 볼드는 혼자 사냥을 했다.

"새벽부터 잠을 설치는 것도 하루 이틀이어야지."

볼드가 창문을 가린 가죽을 말아서 젖혔다. 아직도 달이 떠
있는 밤이었다.

타닥.

볼드는 다 죽어가는 화로에 나무토막을 집어넣었다. 불꽃이
살아나면서 훈기가 돌았다.

스릉.

볼드가 창을 꺼냈다. 그는 비곗덩어리를 꺼내서 창에 기름
칠을 했다. 조만간 싸움이 일어날지도 모른다. 근래 부족 간의
상황이 많이 안 좋아졌기 때문이다.

'이것도 오래 썼군.'

부족전사는 무기를 아낀다. 여러 의미가 있지만, 무기를 새로 얻는 일이 힘들기 때문이었다.

철은 거래품목 중에서도 가장 가치가 높은 물건이다. 철의 수급은 곧 부족의 무력증대로 이어진다.

"붉은모래 부족처럼 우리도 철이 많으면 좋으련만."

붉은모래 부족은 대표적인 철 생산 부족이다. 그들이 점유하고 있는 땅에는 사철이 많아서, 많은 부족이 가죽과 고기를 들고 붉은모래 부족과 거래를 했다.

창을 정비한 볼드가 일어섰다. 그는 활과 화살도 챙기며 사냥을 나갈 준비를 했다. 안 그래도 부족의 미움을 받는 처지라서 공짜로 식량을 나눠줄 사람도 없었다.

"여, 볼드. 일찍 일어났네."

아침이 밝아오자 부족민들도 밖에 나와 있었다. 볼드는 외면받는 처지였으나 그래도 인사를 하는 부족민이 많았다. 아무리 그래도 그들은 한 가족이며 외적이 나타나면 어깨를 맞대고 싸우는 처지였다.

"먹고살려면 뭐라도 잡아 와야지."

볼드가 고개를 끄덕이며 인사했다.

바위도끼 부족은 근방에서는 강한 부족에 속했다. 하늘산맥 밑자락은 주변 부족들이 노릴 정도로 자원이 풍부한 지역이었다. 어지간한 건기가 아닌 이상에야 물줄기가 끊이지도 않았다. 산맥 밑에는 야생동물이 많았고, 우거진 숲에는 어린 아이라도 채취할 수 있는 과일과 풀뿌리가 있었다.

바위도끼 부족의 성인남성, 즉 전사는 약 천여 명. 주변 부족과 비교해서도 꿇리지 않는 숫자였다.

"자네도 슬슬 지즐에게 가보는 게 어때? 저번에 잡은 늑대의 가죽 정도면 지즐도 좋아할걸?"

지즐은 현 부족장이 이름이다. 한때 유릭과 대립각을 세웠었다. 유릭같이 특출한 전사가 없는 이상에야 부족장의 지위는 혈통을 따라가게 마련이다. 만약 서로 양보하지 않으면 결투나 전투를 벌이거나, 평화적으로 해결할 때는 서로 추종자만을 따로 모아서 다른 씨족으로 분리되곤 했다.

"됐어. 인제 와서 굽히는 것도 모양새가 살지 않아."

볼드가 웃으며 말했다. 인제 와서는 케케묵은 악감정의 문제가 아니라 자존심 때문이었다.

캉, 캉!

마을 입구에서 종을 치는 소리가 났다. 둔탁한 소리에 깨어 있는 전사들이 슬금슬금 입구 쪽으로 걸어갔다. 두 번 울린 걸 봐서는 급한 일은 아니었다. 그저 방문자가 있다는 말이었다.

"무슨 일인데?"

입구에서는 이미 전사 십여 명이 모여 있었다. 감시탑에 서 있던 사내가 눈살을 찌푸리며 전방을 주시했다.

"누가 오고 있어. 한 명이야."

"추방자 아니야?"

부족민들이 가장 두려워하는 처벌 중 하나가 추방이다. 추방의 낙인이 찍히면 어느 부족에서도 받아들이지 않는다. 그럴 만한 이유가 있다고 다들 생각하기 때문이다.

"추방자면 그냥 쫓아내. 두들겨 패도 되고."

볼드도 입구에서 서성이며 지평선을 쳐다봤다. 한 명의 사내가 초원을 걸어오고 있었다.

"덩치가 크군. 짐도 크고. 추방자면 좋겠어."

추방자는 약탈해도 된다. 하지만 그저 이방인 손님이라면 극진하게 대접해야 한다. 제아무리 철천지원수라도 손님으로 온다면 극진한 대접을 하는 게 관습이었다.

"음?"

전사들이 의아한 얼굴로 이방인을 바라봤다. 걸어오던 이방인은 멀리 떨어진 채로 멈춰 서더니 팔을 크게 벌렸다.

"내- 가 돌아왔다- !!"

이방인 사내가 외쳤다. 쩌렁쩌렁한 목소리가 멀리서도 와닿았다.

"유릭?"

가장 먼저 목소리를 알아챈 사람은 볼드였다. 그가 황급히 인파를 헤치고 앞으로 뛰어나갔다.

'설마.'

죽었을 거로 생각했다. 무려 삼 년이나 소식이 없었다.

부족전사들은 가벼운 가죽옷만 대충 걸치고 다닌다. 윗옷을 입지 않는 전사도 많았다.

'저건 뭐지? 설마 철로 만든 갑옷인가?'

유릭의 차림새는 일반적인 부족전사들과 달랐다. 그의 가슴팍에서 빛나는 강철갑옷이 있었다. 부족에선 상상도 못 할 일이다. 무기를 만들기에도 부족한 철로 갑옷을 만들 생각은 아무도 못 했다.

"이야, 볼드. 마침 딱 마중 나왔군."

유릭이 볼드를 보며 태연하게 말했다. 며칠 못 본 사람처럼 굴었다.

"유릭!"

볼드가 소리를 지르며 달려갔다. 두 팔을 벌려서 유릭을 껴안으며 어깨를 부딪쳤다.

"제길! 너 살아 있었구나! 살아 있었다고! 내 형제 유릭이 살아 있었어!"

볼드가 환호성을 지르며 부족민들을 향해 손을 흔들었다.

"유릭? 정말로 그 유릭이라고?"

입구에 서성이던 부족전사들도 유릭이라는 이름을 듣고 서로 반문했다. 듣고도 믿기지 않았다.

"유릭이 돌아왔다."

노인과 주술사들은 유릭이 산맥의 저주를 받았다고 말했지만, 누가 뭐래도 부족의 유명한 전사였다. 유릭의 귀환은 여러모로 전사들에게 큰 감흥이었다.

"도대체 어떻게 된 거야? 다들 네가 죽은 줄 알았다고! 이 자식아!"

볼드가 유릭의 뺨을 양손으로 크게 잡았다.

"죽긴 왜 죽어. 이야기하자면 길어. 일단 안으로 좀 들어가자고. 온몸이 쑤셔서 죽을 것 같아."

유릭의 얼굴에는 피곤함이 묻어 나왔다. 하늘산맥을 넘는건 보통 일이 아니었고, 온몸이 삐걱거리는 듯했다.

'그래도 시간은 많이 벌었어. 리갈 없이는 개척로를 쉽게 완성하지 못할 거야.'

유릭은 리갈과 탐험대원을 하늘산맥 절벽에 던져 버리고 왔다. 리갈의 해박한 탐험지식 없이는 개척로 야일루드를 단시간에 완성하긴 힘들 터다.

'황제가 노발대발하는 모습이 눈에 훤하군.'

유릭이 옅게 웃으면서 마을 안으로 들어갔다.

"돌아왔군! 유릭."

"산맥의 가호가 있었던 모양이야!"

"그 유릭이 돌아오다니, 벌벌 떨 놈들이 많겠구만."

전사들이 유릭의 어깨를 두드리며 말했다. 어찌 됐건 그들은 형제의 귀환을 환영했다.

"내 천막은?"

유릭이 마을을 보며 말했다.

"진작 다른 놈에게 줬지. 일단은 내 집으로 가자고."

볼드가 유릭의 어깨를 툭툭 쳤다. 아침 공기를 마시러 나온 부족민들이 유릭을 보고는 다들 눈을 동그랗게 떴다.

"유, 유우릭?"

"유릭이다!"

유릭은 떠나기 전에도 부족 내에서 기대받는 전사였다. 그를 모르는 부족민은 드물었다.

"도대체 어떻게 된 거야?"

유릭은 볼드의 천막집으로 들어갔다.

"좋아, 좋아. 바로 이거지. 일단 술이나 한 잔 줘봐."

유릭이 익숙한 온기를 느꼈다. 그는 걸친 가죽을 벗으며 묵직한 짐도 내려놓고는 느긋하게 화로 앞에 앉았다.

"제길, 되게 궁금하게 만드네. 망할 자식."

볼드가 술을 꺼냈다. 여러 과일을 섞어 빻아 발효한 과일주였다.

"웩, 거의 식초잖아."

유릭이 물소 뿔잔에 담긴 과일주를 마시다가 혀를 내둘렀다.

"그냥 마셔. 못 보던 사이에 엄살이 심해졌군. 도대체 어떻게 된 건지나 말해. 다들 네가 죽은 줄만 알았어."

볼드가 앉으며 말했다.

"난 놈들에게 끌려갔어. 그렇게 하늘산맥을 넘었지."

"산맥 너머……."

볼드가 나직이 말했다. 심장이 쿵쿵 뛰었다.

"너도 알겠지만, 그날 우리가 만난 놈들은 사람이야. 산맥 너머에도 사람이 살고 있었던 거지."

유릭은 그간 있었던 일을 차분히 말했다. 산맥 너머에 무엇이 있고, 어떤 사람들이 살고 있는지 볼드에게 설명했다.

'산맥 너머는 영혼이 사는 세계가 아니야.'

볼드는 온몸이 근질근질했다. 당장 소리를 지르고 싶었다.

"놈들은 우리보다 발달된 기술을 가지고 있어."

유릭이 제국강철검을 뽑아서 볼드에게 넘겼다.

기이잉.

고요한 검명부터가 남달랐다. 잘 만든 예술품과도 같은 칼이었다. 거울 같은 칼날은 불빛에 비쳐 반짝였다.

"말도 안 돼. 이게 철이라고? 이렇게 반짝이는데?"

"그건 산맥 너머에서도 가장 발달된 기술로 만든 칼이야. 우리가 쓰는 무기와 비교도 되지 않을 만큼 뛰어난 무기들이 수두룩해."

볼드가 무언가에 홀린 듯이 제국강철검을 바라봤다. 신성한 물건을 만지는 것처럼 손길이 조심스러웠다.

'전사라면 무기의 가치를 알아볼 수밖에 없지.'

유릭이 만족스럽게 웃었다.

'가지고 싶다.'

볼드는 그런 충동을 느꼈다. 전사라면 좋은 무기를 앞에 두고 당연히 그리 생각해야 한다.

휘잉!

볼드가 칼을 가볍게 휘둘렀다. 그의 얼굴에 만족감이 깃들었다. 칼은 부족에서도 부유한 전사들만 가지고 있는 무기다. 철이 원체 많이 들어서 만들기도 힘들었다.

"멋진 칼이야, 유릭."

볼드가 입맛을 다시며 유릭에게 칼을 돌려줬다. 그는 유릭의 말을 전부 믿었다. 유릭이 거짓말을 할 리가 없으며, 당장 증거가 코앞에 있었다.

유릭과 볼드가 회포를 푸는 사이에 다른 전사들이 천막으로 접근했다. 유릭이 기척을 느끼곤 뒤를 돌아봤다.

"유릭, 부족장과 장로들이 널 기다리고 있다."

천막 안으로 다른 전사가 들어오며 말했다. 천막 바깥에서는 화려한 깃털장식 모자를 쓴 정예전사들이 유릭을 기다리고 있었다.

"……기다리고 있었어."

유릭이 일어서며 말했다.

볼드가 불안한 눈으로 유릭을 쳐다봤다. 현 부족장 지즐은
유릭을 싫어했었다. 지금도 마찬가지일 터다.

to be continued

스켈레톤 마스터

WISHBOOKS GAME FANTASY STORY
더페이서 게임 판타지 장편소설

오직 힘으로 지배되는 세상 일루전!

"스켈레톤 소환."

└ 미친…….
└ 저거 스켈레톤 맞아요?
└ 뭐가 저렇게 세?

수백이 넘는 소환수를 지휘하는 자,
극악의 난이도를 자랑하는 직업 조폭 네크로맨서!
8년 전으로 회귀한 강무혁의 도전이 시작된다.

「스켈레톤 마스터」

"나는 이곳에서 강자가 되겠다!"